15. 검운염화

학전도시 애스터리스크

미야자키 유 지음
오키우라 일러스트

유리스=알렉시아
폰 리스펠트
JULIS-ALEXIA VON RIESSFELD

나를 막고 싶다면
진지하게 덤벼라,
아야토.

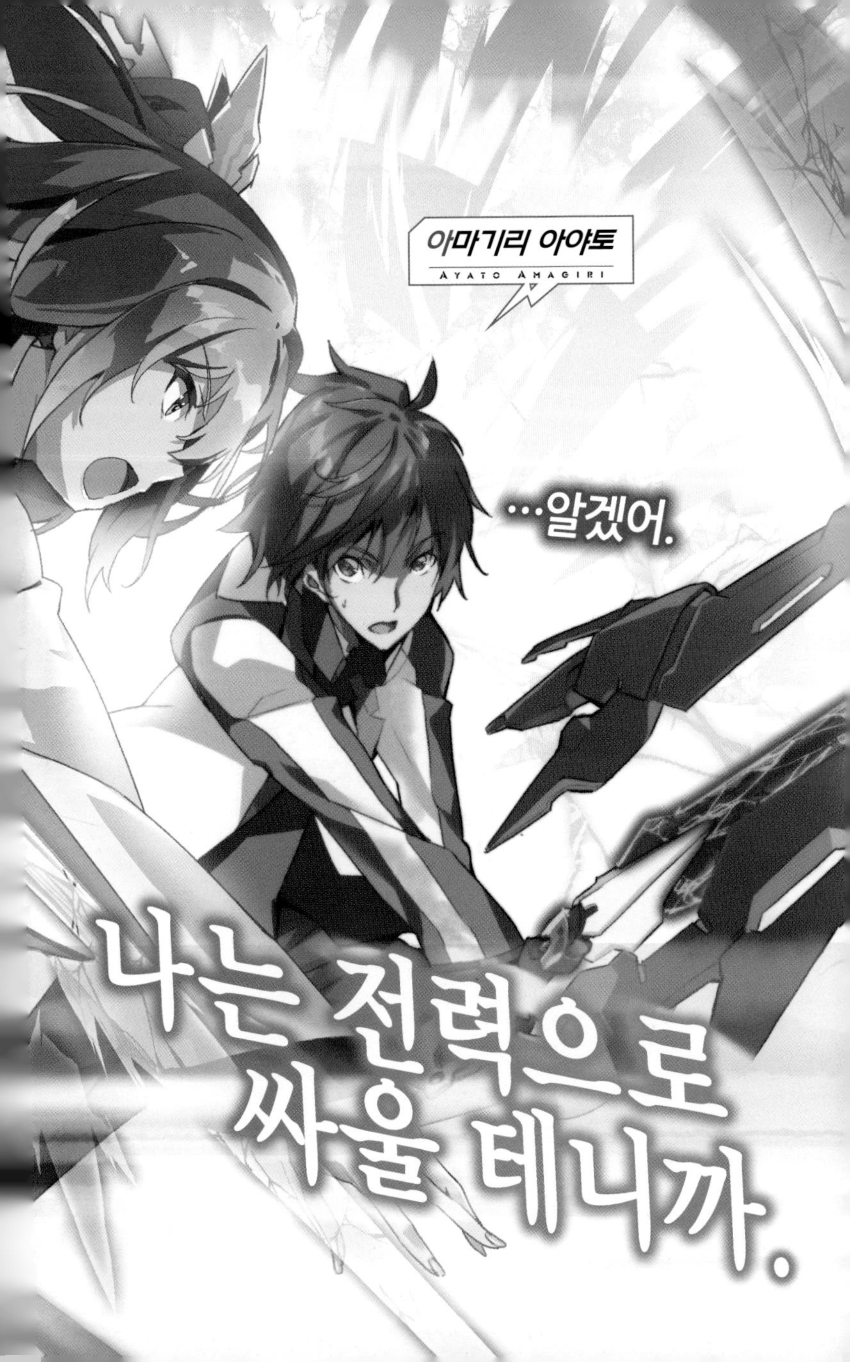
아마기리 아야토
AYATO AMAGIRI
…알겠어.
나는 전력으로
싸울 테니까.

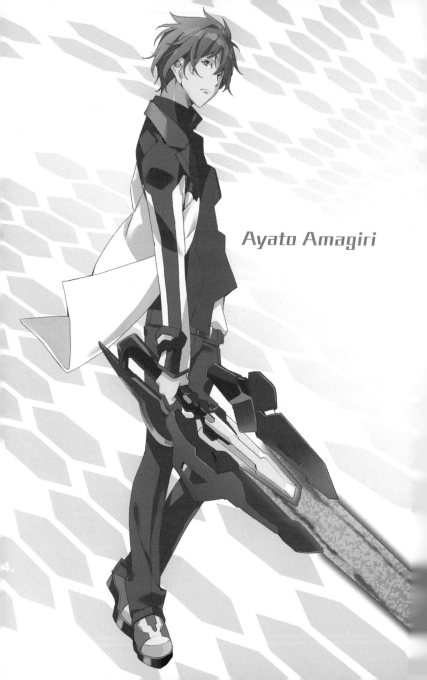

Ayato Amagiri

학전도시
앤서리스크

미야자키 유 지음
오키우라 일러스트

15.
검운염화

eXtreme novel

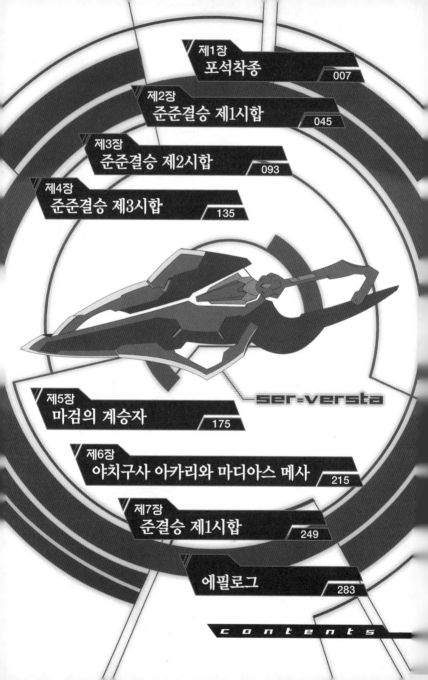

ser-versta

contents

제1장

포석착종

"고맙습니다."

고개를 숙이면서 그렇게 말하고 진료실에서 나오는 여자를 보고, 유리스는 곧바로 복도 모퉁이에 몸을 숨겼다.

'어째서 아야토네 누님이 여기에…?'

살짝 얼굴만 내밀어 엿보니, 성렵경비대 제복을 입은 아마기리 하루카는 그대로 안쪽 엘리베이티로 향하고 있었다. 딱히 켕기는 일은 없지만, 얼굴을 마주치면 아무래도 어색할 수밖에 없다. 잠시 여기서 숨어 있는 편이 나을 것 같다.

치료원의 진료구역에는 수많은 진료실이 있지만, 지금 하루카가 나온 방은 원장 얀 콜베르의 진료실이다. 원장은 엄청나게 바쁜 사람이라 어지간해선 평범한 부상이나 병을 진료하는 경우는 없다.

그렇다면….

"아아, 유리스 양이었구나."

"헉!"

갑자기 바로 옆에서 누가 말을 거는 바람에 유리스는 저도 모르게 흠칫 몸을 움츠렸다.

고개를 돌려 확인하니 밝게 웃는 하루카가 있었다.

"살짝 시선이 느껴져서 신경이 쓰였거든."

유리스는 기척을 최대한 지우고 있었는데, 역시 아야토의 누나답다고 해야 할까.

"…안녕하세요, 오랜만에 뵙습니다."

어쩔 수 없이 유리스는 가볍게 고개를 숙였다.

"그러게, 오랜만이야. 유리스 양은… 아아, 그렇구나. 오른 팔 때문에?"

"…네."

유리스는 간이 깁스로 고정된 오른팔을 왼손으로 살짝 만졌다. '왕룡성무제' 5회전에서 우샤오페이에게 승리한 대가다.

낙성공학을 응용해 의료기술이 상당한 진보를 이루기는 했지만, 여전히 골절을 곧바로 완치시키는 기술은 없다(치유능력자의 힘으로 치료하지 않는 한). 그래도 진통제를 쓰면 움직이는 것까지는 무리여도 전투에 방해되지 않는 선까지는 통증을 억제할 수 있다. 유리스가 여기에 온 이유도 진통제를 처방받기 위해서였다.

"괜찮…지는 않겠네. 그래도 내가 기억하기로는 다음 시합은 부전승일 텐데, 맞니?"

"네, 다행히도요."

"그리고 그 다음은….''

거기까지 말하고 하루카는 갑자기 입을 다물었다.

그렇다. 유리스는 아야토와 우메노코지 후유카 중에 이긴 쪽과 준결승에서 대전하게 된다.

후유카는 강하다. 아니, 더 정확히 말하자면 강한 건 후유카가 사역하는 위악이라는 이름의 식신이다. 성 가라드워스 학원의 노엘 메스메르를 간단히 쓰러뜨린 그것은 아마 샤오페이에 필적하는 힘을 가지고 있으리라. 무엇보다 위악도 후유카도 아직 가지고 있는 수를 전부 보여주지는 않았을 테고, 남은 7명 중에 가장 바닥을 알 수 없는 상대라는 건 분명하다.

그래도 유리스는 준결승에 올라오는 쪽은 아야토라고 확신하고 있었다.

아야토는 이제까지 적이 아무리 강해도 반드시 격파해 왔기 때문이다. 적어도 '성무제' 무대에서는.

그리고 그 사실이 유리스를 괴롭고 힘들게 만들었다.

이대로는 아야토와….

"저기, 유리스 양. 잠깐 시간 좀 내줄래?"

"…네?"

시선을 피하듯 고개를 숙인 유리스에게, 느긋하고 부드러운 목소리로 하루카가 웃었다.

"내가 말해줄 수 있는 부분은 제대로 전하는 편이 좋겠거든."

어떻게 반응해야 할지 몰라 우물쭈물하고 있자니, 하루카는 근처 휴게실에 있는 소파에 눈길을 주었다.

"…알겠습니다. 하지만 제가 할 이야기는 아무것도 없습니다."

일단 그렇게 다짐을 받아 두었다.

하루카는 여전히 따뜻하게 웃으며 고개를 끄덕였다.

"그래, 괜찮아. 그냥 내가 말하고 싶을 뿐이니까."

그녀를 따라 소파에 앉자 유리창으로 들어오는 겨울의 부드러운 햇살에 살짝 눈이 부셨다. 유리창 너머로 보이는 중앙정원에선 상록수 잎이 바람에 살랑살랑 흔들리고 있었다. 평화롭고 온화하고 어딘지 쓸쓸한 광경이었다.

"유리스 양, 아야토한테 어디까지 사정을 들었어?"

"…'왕룡성무제'에서 우승하지 못하면 누님의 생명이 위험하다고 하더군요."

"아아…. 역시 그 아이는 자세한 얘기는 하지 않았구나."

그렇게 말하더니 하루카는 곤란하다는 듯이 쓴웃음을 지었다.

"분명히 저를 말려들지 않게 하려고 배려해준 거예요."

그건 유리스도 가슴 아플 정도로 잘 알고 있다.

지금 아야토와 동료들은 뭔가 거대한 상대와 싸우고 있다. 가능하다면 유리스도 그 싸움에 협력하고 싶다.

하지만 유리스에게도 무엇보다 우선해야만 하는 싸움이 있다. 무슨 일이 있어도 물러설 수 없는, 유리스만 할 수 있는 싸움이.

"…그렇구나. 유리스 양한테도 있는 모양이다. 반드시 해야 하는 일이."

하루카는 가볍게 한숨을 내쉬고 유리스에게 미소를 지었다.

"그렇다면 만약 아야토와 싸우게 되더라도 반드시 이기겠다는 마음으로 전력으로 싸워야 해."

"그건….."

그래도 역시 목숨이 걸린 당사자에게 할 말을 찾기 어려워, 대답하기가 힘들었다.

"딱히 아야토가 우승하지 못하더라도 곧바로 내가 죽는 건 아니…라고 생각하거든."

"…무슨 뜻이죠?"

"으음, 유리스 양도 '처형도'에 대해선 어느 정도 들었지?"

"'사취성무제' 결승 전날에 아야토를 습격했다는 놈이죠? '적하의 마검'을 쓴다던."

어니스트 페어클럽과 아야토를 동시에 상대해냈다면 누군지는 몰라도 분명 엄청난 실력자일 것이다.

"그 '적하의 마검'의 파편이 내 이쯤에 박혀 있거든."

"뭐라고요…?"

하루카가 배에 손을 대고서 한 말에, 유리스는 눈을 휘둥그레 떴다.

경악스럽기 그지없는 사실이지만, 한편 유리스는 이해가 가기도 했다.

하루카의 역량은 지금의 아야토에 필적한다. 그런 하루카의 목숨을 인질로 잡아 아야토를 협박한다는 건 평범한 사람에게는 도저히 불가능하다.

하지만 상대가 '처형도'라면 사정이 다르다.

그리고 '적하의 마검'의 능력은 도신을 세밀하게 분할한 면(面)의 참격이다.

"파편 자체는 아주 작아. 그야말로 '처형도'가 컨트롤할 수 있는 최소 크기일 뿐이지만…. 그래도 알지?"

이해할 거라는 듯이 하루카가 어깨를 으쓱했다.

유리스도 굳이 듣지 않아도 이해할 수 있었다.

아무리 작은 파편이라도, 그게 순성황식무장의 파편이라면 인간의 몸 정도는 간단히 파괴할 수 있다. '처형도'가 마음만 먹으면 하루카는 내장이 갈기갈기 찢겨버릴 테고, 물론 그렇게 된다면 죽음을 피할 수 없다.

문득 유리스는 떠올렸다.

"하지만… 당신이라면, 예를 들어 '흑로의 마검'의 힘을 빌린다면, 그 파편을 태워 끊을 수도 있지 않나요?"

황식무장의 날은 만응소로 생성되고, 최소구성단위보다 작은 크기로 분쇄되면 소멸한다. 그건 순성황식무장도 마찬가지다. 아무리 '적하의 마검'이 도신을 분할하는 능력을 갖추고 있어도, 제어할 수 있는 크기보다 작아진다면 그 파편도 사라지게 될 것이다.

게다가 하루카는 자신의 기억을 수정한 능력을 태워 끊어버릴 정도의 기량을 가지고 있다. '적하의 마검'과 동격인 '흑로의 마검'을 쓰면 몸속의 파편을 처리하는 것도 아주 불가능한 일은 아닐 텐데.

하루카는 안타깝다는 표정으로 고개를 가로저었다.

"파편은 '처형도'가 '적하의 마검'을 기동할 때까지 출현하지 않아. 즉, 그때까지는 존재하지 않는 게 되지. 아무리 '흑로의 마검'이어도 존재하지 않는 것을 벨 수는 없어."

"그런…가요."

분해도 확실히 이치에 맞는다.

하지만 파편이 공간좌표가 아닌 하루카의 몸속이라는 공간 자체에 연결되어 있다는 건 분명하니, 모종의 작용으로 그것을 억지로라도 끌어낼 수 있다면(그야말로 '마녀'나 '마법사'의 능력으로)…. '마녀'인 유리스는 거기까지 생각했다가 단념했다.

아니, 그런 건 불가능하다.

그걸 '적하의 마검'의 힘으로 해내고 있다면, '마녀'나 '마법사'의 능력으로는 절대로 상대할 수 없다. 존재하지 않는데 존재한다는 모순된 상태를 외부에서 재정의하려면, 그건 그야말로….

"하지만 '적하의 마검'의 힘에도 한계는 있거든. 사색의 마검 중 사거리가 가장 길다고는 하지만 그래 봐야 수십 미터야. 그 범위에만 들어가지 않는다면 일단 안심할 수 있을 거야. 예를 들면 이곳 특별실이라든가."

생각에 잠긴 유리스에게 하루카는 그저 침착한 목소리로 말했다.

"혹시 오늘 여기에 방문하신 이유가…."

"응. 콜베르 선생님한테 문제를 상담하러 왔지. 선생님도 사정이 그렇다면 협력해 주시겠대. 그러니까 아야토가 우승하지 못하더라도 곧바로 내가 어떻게 되진 않을 거야."

"……."

확실히 이곳 치료원 특별실은 지하 블록에 위치해 있어 아무나 출입할 수 없다. 하지만 그건 하루카도 밖으로 나갈 수 없다는 뜻이다. 모처럼 긴 잠에서 깨어났는데 다시 그곳으로 돌아가야 한다니 본인도 마음도 무거울 것이다. 게다가… '처형도' 쯤 되는 상대에게 이곳의 보안이 어디까지 통할지도 의심스럽다. 실제로도 아야토는 바로 이 치료원 중앙정원에서 습격당했으니까.

그래도… 마음속 어딘가가 편해졌다는 건 분명한 사실이다.

그게 설령 기만에 불과하다 해도.

"자, 그럼 나는 슬슬 일하러 돌아가야지."

하루카는 그렇게 말하고 자리에서 일어나더니, 유리스의 어깨를 탁 하고 가볍게 두드렸다.

"뭐, 신경 쓰지 말라고 해봐야 무리일 테고, 유리스 양은 상냥하니까 나나 아야토를 어떻게든 배려하게 되겠지만…. 이걸로 네가 짊어진 짐이 조금이라도 가벼워지면 난 기쁠 것 같아."

"…어째서죠?"

유리스는 한없이 상냥하고 따뜻한 하루카를 올려다보며 그렇게 물었다.

"당신한테 가장 소중한 사람은 아야토잖아요? 저는 아야토와 싸우게 될지도 몰라요, 다시 말해 적이라고요. 그런데도 어째서…?"

"물론 나한테 무엇보다 소중한 사람은 아야토야. 그야말로 목숨을 걸 정도로. 하지만 유리스 양도 아야토를 소중하게 여기는 건 마찬가지잖아?"

"……!"

그 말은 가차 없이, 통렬하게 유리스의 가슴을 후벼 팠다.

"게다가 아야토도 분명 거기에 지지 않을 정도로 너를 소중하게 생각할 거야. 그렇다면 나는 누나로서 할 수 있는 일을 해주고 싶어. 아야토에게도, 너에게도. 그뿐이야."

고개를 숙인 유리스에게 그렇게 말하고, 하루카는 가볍게 손을 흔들고 자리를 떴다.

"사람이 어떻게 저렇게 강할 수 있을까…."

남겨진 유리스의 입에서 저도 모르게 그런 말이 흘러나왔다.

하루카는 상냥하고, 따뜻하고, 그리고 엄격하다. 자신에게

도, 아야토에게도, 그리고 유리스에게도.

'내가 저렇게 되기는 힘들지만… 그래도.'

유리스가 다시 한번 결의하고 일어서려는 순간, 갑자기 휴대 단말기가 메시지 수신을 알렸다.

유리스는 메시지를 확인하더니 미간을 찌푸렸다.

"…뭐라고? 대체 무슨 생각이지?"

*

성렬경비대 본부, 대장실.

"지금 복귀했습니다."

하루카가 들어와 경례하자, 집무 데스크에서 여러 개의 공간 윈도를 띄워둔 헬가 린드발은 흘끔 시선만 보내고 곧바로 작업을 재개했다.

"수고했다. 어때, 원장님은 허가해 주시던가?"

"네, 협력해 주신다고 합니다. 특별실을 하나 비워둔다고요. 하지만 콜베르 선생님은 조금 더 자세한 사정을 알고 싶어 하시더군요."

"뭐, 원장님은 너를 눈뜨게 해주지 못한 데에 부채의식이 있을 테니까. 어느 정도 정보를 제한해도 요청을 거절하진 않을 거로 판단했지만…."

홀로그램 키보드 위로 바쁘게 손가락을 움직이며 헬가는 말을 이었다.

"아무튼 준비되는 대로 너는 치료원에서 대기하도록. 괜찮아, 그렇게 오래 걸리지는 않을 테니까. 우리가 '처형도' 마디아스 메사의 신병을 구속할 때까지만 참아라."

그 말에 하루카는 저도 모르게 몸을 내밀었다.

"진전이 있습니까?"

그러자 헬가는 드디어 손을 멈추고, 씩 웃으며 공간 윈도 하나를 하루카 앞에 전개했다.

"네 예상대로야. 과거로 거슬러 올라가 탐색해 보는 건 정답이더군."

그 공간 윈도에 표시된 건, 과거에 일본의 우주과학연구개발기구(SRDA)가 일으킨 신형 로켓엔진 폭발 화재 사고의 조사보고서였다. 이미 하루카도 읽어본 문건이다.

사고의 원인이 신형 엔진의 결함 때문이라는 답을 먼저 내놓고, 당시의 엔진은 폭발로 태반이 날아가 바닷속에 흩어지는 바람에 일부밖에 회수하지 못했다며 얼버무리는 조악하기 짝이 없는 결론이다. 재빨리 마무리하고 덮으려는 조사위원회의 의도가 노골적으로 보여, 부끄러운 줄도 모르고 용케 이따위 것을 세상에 내보냈다고 생각한다.

"그리고… 이쪽은 와카미야 미나토에게 받은 **그녀 아버지가**

쓴 일기야."

헬가는 책상에 놓여 있던 요즘 보기 힘든 종이 일기장을 하루카에게 내밀었다.

펼쳐 보니 꼼꼼하고 정성스러운 일본어 문장이 적혀 있었다.

'9월 3일. 맑음. 밤에 딸과 함께 해안선을 산책했다. 언제나 하는 질문에 언제나 하는 대답을 들려주었다. 꿈의 본질. 언젠가 딸도 그것을 좇게 될까.'

짧고, 단적이고, 산문적인 문장.

일기보다는 비망록에 가깝다. 날짜와 날씨만 적혀 있을 뿐 그날 있었던 일은 전혀 언급되지 않은 날도 있는 걸 보니, 미나토의 아버지 본인이 기록하고 싶은 일이 있는 날만 내용을 언급한 듯했다.

이 일기는 저번에 하루카와 아야토가 미나토를 만나 사고에 대해 물어보았을 때, "솔직히 말씀드리자면 사고에 대해서는 그다지 기억하는 게 없지만…. 아! 아버지가 남긴 일기라면 가지고 있어요!"라면서 자기 방에서 가지고 와주었다.

"미나토 양 아버님의 인격을 엿볼 수 있는 일기네요."

"그래, 뛰어난 인물인 것 같더군."

발단은 어떻게 마디아스의 꼬리를 잡을 수 있을지 탐색을 거듭하던 때로 거슬러 올라간다. 정황상 마디아스, 즉 '처형도'를 비롯한 금지편 동맹이 모종의 범죄행위에 관여하고 있다는 건 분명하지만, 어느 루트를 추적해도 결정적인 증거를 발견하지 못했다. 그럴 만도 한 게, 정신간섭능력을 가진 순성황식무장 '발다＝바오스'가 동료이기 때문에 얼마든지 은폐공작이 가능하기 때문이다.

'처형도'라면 하루카 납치나 아야토 습격 같은 체포, 구속할 수 있는 용의점이 얼마든지 있지만, 그것도 마디아스와 '처형도'가 동일인물이라고 단정할 만한 증거가 없이는 힘들다. 그래서 헬가 측에선 어떻게 해서든 '마디아스 본인이 저지른 범죄'의 증거가 필요했다.

거기서 하루카가 주목한 것이 마디아스의 과거다.

이미 하루카는 클로디아의 어머니인 이자벨라를 통해 '발다＝바오스'의 능력을 어느 정도는 전해 들었다. 그 정보에 따르면 '발다＝바오스'가 완전히 지배할 수 있는 건 사용자, 즉 몸을 빼앗은 대상뿐이고 부분적인 기억 수정이나 소거라면 몰라도 타인을 세뇌하는 데에는 보통 사람이든 '성맥세대'든 나름의 시간이 필요하다고 한다.

특히 '성맥세대'는 정신간섭에 예민하고 내성도 강하기 때문에 완전히 인격을 덧씌우기는 어렵고, 원래 인물이 가진 특성을 이용할 필요가 있다는 것이다.

즉 아무리 '발다＝바오스'라 해도 자기 마음대로 1회용 장기말을 양산할 수는 없다는 의미다. 아마 '발다＝바오스'는 오랜

시간을 들여 조금씩 세뇌 대상을 늘려나갔을 것이다.

뒤집어서 말하자면, 마디아스 일당이 거대한 사건을 은폐하는 데에 쓸 수 있는 인재는 과거로 올라가면 올라갈수록 적어진다. 금지편 동맹이 언제쯤부터 활동했는지는 알 수 없지만, 하루카가 마디아스 본인에게 들은 이야기를 근거로 추론해보면, 그의 동기는 어머니와 깊은 관계가 있지 않을까 싶다.

그렇다면 아무리 오래되었어도 기껏해야 20년… 이 정도면 어찌어찌 되짚어볼 수 있는 범위다. 명목상이긴 해도 마디아스는 긴가의 사원이었으니 경력은 긴가의 데이터베이스로 조사해볼 수 있다.

하지만 그게 쉽지 않다는 것도 확실했다.

'성무제' 운영위원으로서의 마디아스는 대단히 유능하고 근면한 인물로, 그의 업무는 방대한 영역에 다방면으로 걸쳐 있다. 일일이 조사할 시간은 도저히 없다. 게다가 마디아스의 데이터에는 수정된 흔적도 여러 군데 발견되었다. 긴가 내부에도 마디아스의 협력자가 있다는 뜻이다.

"용케 이 사건과 마디아스를 연결하겠다는 생각을 했군."

"아~ 그건 아야토… 동생의 조언이라고 할까, 갑자기 떠오른 발상이라고 할까…."

─누나, 그리고 보면 '처형도'한테 끌려갔을 때, 로켓이 어쩌고 폭발 사고가 어쩌고 하는 소리 하지 않았어?

‘왕룡성무제’ 4회전이 끝나고 하루카가 아야토를 격려하러 갔을 때, 갑자기 그런 이야기를 꺼낸 것이다.

그건 하루카가 끝없는 잠에 빠지기 전, ‘처형도’ 일당이 ‘낙성우’를 다시 일으키려고 달에 잠든 거대한 울름＝마나다이트로 동료를 보내려 한 사건이다. 하루카가 직전에 간신히 막아냈지만, 그때 ‘처형도’ 일당이 준비한 로켓에는 일본의 우주과학연구개발기구에서 빼앗았다는 신형 로켓 엔진이 사용되었다. 아마 폭발사고도 그들의 소행일 것이다.

─실은 그 사고의 관계자인 것 같은 아이랑 시합을 했는데….

그렇게 아야토가 알려준 덕분에 관계자 미나토와 만나게 되었던 건데, 동생이라서 하는 말이 아니라 이 발상은 정말로 대단하다.

“그런 거였나. 나중에 그 친구한테도 고맙다는 인사를 해야겠어. …아무튼 그 일기의 61년, 2월 10일 페이지를 한 번 보도록.”

헬가가 말한 페이지를 펼쳤다.

[2월 10일. 비. 통합기업재체의 시찰이 있었다. 시찰단 중에 드물게도 ‘성맥세대’가 있어서 이런저런 질문을 받았다. 왠지 본 기억이 있다 싶었는데, 몇 년 전에 ‘봉황성무제’에서 우승한 청년이라고 한다. 태도도 의욕적이고 붙임성도 있지만 속을 알 수 없다. 통합기업재체라는 이매망량의 소굴에서 살아남으려

면 저렇게 되어야 하는 걸까.]

"이건… 마디아스 메사를 말하는 건가요?"

"아마 그럴 거야. 10년 전이라면 소수이긴 해도 통합기업재체 본부에서 일하는 '성맥세대'가 그럭저럭 있었겠지만, 시기로 볼 때, '봉황성무제' 우승자라면 마디아스 메사 정도뿐이겠지."

헬가는 그렇게 말하고 오른손으로 턱을 쓰다듬었다.

"이 유인월면조사계획은 긴가의 지원을 받고 있었어. 시찰 자체는 이상한 일이 아니지. 하지만… 마디아스 메사가 거기에 있는 건 조금 부자연스럽거든."

"……? 어째서죠?"

"마디아스 메사는 '성무제' 우승의 대가로 운영위원회에 들어가기를 희망해, 그걸 달성했어. 하지만 원래 '성무제' 운영위원은 각 통합기업재체의 간부나 간부 후보가 파견되는 형태거든. 그래서 그는 일단 긴가 본부의 간부가 되었지만 그건 어디까지나 형식상이니 긴가 본부의 실질적인 업무에 종사했다고 보기는 힘들지. 그런데 이렇게 마디아스 본인이 갔다는 건, 이 시찰이 그가 운영위원으로서 맡은 업무영역, '성무제'와 관련된 사안이라는 뜻이야."

듣고 보니 그럴듯하다.

역시 오랜 세월에 걸쳐 이 이질적인 도시의 치안을 관리해 온 만큼, 헬가는 통합기업재체 내부의 역학관계도 잘 이해하고 있다.

애스터리스크의 진정한 위협은 학생끼리의 마찰이나 잦은 범죄보다, 언제나 무슨 수를 써서든 영향력을 구사하고, 빈틈이 보이면 그 권한을 확대하려고 계략을 꾸미는 거대하고 탐욕스러운 여섯 괴물이니까.

"그렇다면 이 유인월면조사계획과 '성무제'가 모종의 연관이…?"

"그래, 바로 그거야. 엄밀히 말하자면, 이 유인월면조사계획에 참가한 민간 기업 중 하나가 말이야. 이걸 한 번 봐라."

헬가가 단말기를 조작하자 공간 윈도가 전환되고, PVA 인더스트리즈라는 기업의 홈페이지가 떴다.

"업무는 충격흡수 소재의 연구개발…. 긴가 계열의 일본 기업이군요."

"긴가에서 받은 데이터에 따르면, 마디아스 메사는 한때 이 PVA 인더스트리즈의 사외이사를 역임했다더군."

"…무슨 뜻이죠?"

어떻게 이어지는 건지 잘 이해가 되지 않았다.

"저번 '사취성무제'에서 스테이지가 개수되고 방호 시스템도 아르르칸트가 개발한 방호 젤을 쓰는 시스템으로 일신되었다는 건 알지? 당연하지만 그 신규 방호 시스템은 아르르칸트 혼자 만든 게 아니라 운영위원회 주도하에 각 통합기업재체의 여러 계열사도 개발에 참가했어. 그중 하나가 이 PVA 인더스트리즈다."

스테이지 개수는 하루카가 잠든 동안에 실시되었으니 실제로 본 건 이번 '왕룡성무제'가 처음이었지만, 예전 방호 시스템보다 상당히 규모가 크다는 인상을 받았다.

"시간 순서로 따지면 스테이지 개수 계획 자체는 그 폭발 사고 전에 입안되었는데, 그때 마디아스 메사는 기업 선정에 이 PVA 인더스트리즈를 추천했거든. '성무제'의 신 방호 시스템 개수라면 거대한 프로젝트라서 어떤 기업이든 당연히 참여하고 싶었겠지. 지금이야 그럭저럭 대기업에 속하는 회사지만, 그 시기의 PVA 인더스트리즈는 기술력을 인정받긴 했지만 어디까지나 흔한 중소기업에 불과했던 모양이야. 상식적으로 생각해서 이 프로젝트에 참가할 수 있는 기업은 아니었다는 말이지."

아아, 그런 거였나.

"그럼… 뇌물인가요?"

"뭐, 흔한 이야기야. 뒤에서 몰래 돈을 건네는 것보다 적당한 자리를 내주고 정식으로 보수를 지불하는 편이 훨씬 보기에 좋거든. 그것 자체는 불법행위가 아니니까. 어느 쪽이 먼저 접촉했는지는 모르겠지만, PVA 인더스트리즈 입장에선 마디아스 메사는 만만한 봉처럼 보였을 거야. 풋내기 20대인 데다 통합기업재체의 간부에게 필수적으로 따라다니는 정신조정 프로그램도 받지 않았으니 끌어들이기에는 최적이지."

"하지만… 뭐가 되었든 마디아스 메사는 돈 때문에 간단히 움직일 사람이라는 생각은 안 드는데요."

결코 이해도 공감도 할 수 없는 상대지만, 마디아스의 언동에는 흔들리지 않는 곧은 심지가 있고, 좋든 나쁘든 그걸 굽히지 않는다는 걸 알 수 있다.

하루카의 말에 헬가도 조용히 고개를 끄덕였다.

"그건 나도 동감이야. 내가 보기에, 아마 마디아스 메사의 목적은 발판을 마련하는 게 아니었을까 싶다."

"발판이요…?"

"마디아스 메사가 사외이사가 된 직후에 PVA 인더스트리즈가 이 유인월면조사계획에 도중 참가하기로 결정하거든. 이게 그의 요청으로 이뤄진 일이라면 PVA 인더스트리즈도 거절할 수는 없었겠지."

"……! 그런 것이었나…."

신 방호 시스템 개발에 관여하는 기업이라면, 마디아스도 당당히 시찰이라는 명목으로 현장을 방문할 수 있다. '발다＝바오스'의 힘으로 시간을 들여 세뇌해둔 PVA 인더스트리즈의 기술자를 투입시킬 수도 있고, 어쩌면 시찰에 '발다＝바오스'를 직접 동행시켰을 수도 있다.

"하지만 이것들은 어디까지나 추측이야. 이제 조사해도 증거 같은 건 전혀 나오지 않겠지. 하지만… 고맙게도 데이터가 남아 있는 물건도 있거든. 이것만은 긴가가 고맙게 느껴지더군."

대담하게 웃는 헬가가 단말기를 조작하자 다시 눈앞의 공간 윈도가 전환되었다.

"이건… 재무제표인가요?"

"통합기업재체가 지배하는 이 세계는 경제가 모든 것을 지배하니까. 아무리 마디아스 메사라 해도 그 섭리를 벗어날 수는 없어."

헬가의 눈이 날카롭게 빛났다.

"꼬리 끝에 난 솜털 수준이지만… 드디어 잡았다는 거야, 마디아스 메사를."

*

지정된 장소는 예전과 같은 재개발 구역의 한구석이었다.

이미 날은 저물어 옅은 구름이 낀 하늘에는 어스름한 달이 떠 있다. 그 아래에 늘어선 폐 빌딩 건너편에선 마치 다른 세상처럼 고층 빌딩의 조명이 눈부시게 빛나지만, 당장이라도 무너질 것 같은 이 폐허에선 어떤 빛도 힘이 없었다.

유리스가 가만히 손가락을 움직이자, 공중에 나타난 불꽃이 그 주위를 비추었다.

"도착했다, 오펠리아. 용건은 뭐지?"

어둠을 향해 그렇게 물었지만 대답은 없었다.

유리스의 단말기에 메시지를 보낸 사람은 다름이 아닌 오펠리아 란드루펜이었다. 하지만 지정된 건 시각과 장소뿐.

학원제 날 밤에 이곳에서 오펠리아를 만난 이후로는 한 번도 연락이 오지 않았다. 오펠리아의 성격으로 미루어 다음에 직접 만나는 건 '왕룡성무제'의 스테이지일 거라고 생각했는데 이렇게 연락이 왔으니 오지 않을 수는 없다.

그때.

"……윽!"

갑자기 어둠을 가르고 쏟아지는 빛이 유리스를 덮쳤다.

곧바로 몸을 뒤틀어 피했지만, 틈을 두지 않고 뒤에서 거대한 해머형 황식무장이 내리꽂혔다.

"큭…!"

지면을 굴러 공격을 피했지만 이번에는 마치 어둠속에서 자라나듯 해머가 나타나 추격을 걸었다.

'넷… 아니, 다섯은 되겠네. 완전히 포위당했어. 아무튼 그건 넘어가고, 지금 그 빛은….'

유리스도 주위를 경계하지 않았던 건 아니다.

그런데도 이렇게 완전히 포위당할 때까지 알아차리지 못했다니, 상대는 상당히 경험이 풍부한 모양이다.

"…타올라라!"

유리스가 외치자 담담한 빛의 랜턴에 불과했던 빛이 단숨에 부풀더니 눈부시게 빛나 주위를 밝게 비추었다.

"알디…?!"

거기에는 예전에 '봉황성무제' 결승전에서 격전을 벌였던 자율식 의형체의 모습이 다섯.

하지만 유리스는 곧바로 완전히 다른 물건임을 알아차렸다. 겉모습은 비슷하지만, 진짜가 내뿜는 위압감이 조금도 없다. 무엇보다 그 땀내가 날 정도로 성가신, 강렬한 자아가 전혀 느껴지지 않는다.

그래도 전투용 의형체로서는 믿기지 않을 정도로 고성능인지 정교한 연계공격을 유리스에게 걸어왔다.

"흥…!"

유리스는 그 공격을 상대하며 폐허 안쪽의 어둠을 향해 팔을 휘둘렀다.

"피어올라라, 육판의 폭염화!"

"…윽."

어둠 속에 숨어 있던 인물은 화염구가 작렬하기 직전에 앞으로 뛰쳐나왔다.

"기습이라니, 이거 영 가라드워스답지 않은 수작인걸?"

폭염을 등지고 나타난 사람은 '사취성무제' 결승전에서 대전한 팀 랜슬롯의 멤버, 퍼시벌 가드너였다.

가라드워스 교복이 아닌 검은 군복 같은 옷을 입어 인상은 상당히 달라졌지만, 그래도 그 '성배'라 불리는 순성황식무장 '속죄의 추각'의 빛은 착각할 수 없다.

"…공교롭게도 지금의 나는 가라드워스와 관계가 없습니다."

"흥! '성배'까지 들고 나와서는 무슨 헛소리야!"

무표정하게 대답하는 퍼시벌을 비웃으며, 유리스는 지면에 손을 댔다.

"피어올라라, 중파의 염봉화!"

유리스를 중심으로 맹렬한 열파가 퍼져, 알디의 모조품들이 일제히 거리를 두었다.

적들의 움직임을 방심하지 않고 눈으로 쫓으며, 유리스는 머리카락을 쓸어올리고 퍼시벌을 노려보았다.

"뭐 가라드워스와 아르르칸트가 한패가 되어가면서까지 나를 노린다고 생각하긴 힘드네. 그렇다면… 완전히 다른 조직이라는 게 되나?"

"대답할 필요는 없습니다. 나는 여기서 당신을 처치할 뿐이니까요."

퍼시벌이 그렇게 말하며 왼손을 들자 등 뒤에 떠 있던 성배가 천천히 유리스를 조준했다. 하지만 아직 준비가 완료되지 않은 듯했다. 순성황식무장 '속죄의 추각'은 닿기만 해도 인간의 의식을 날려버리는 방어 불가능한 광선을 쏘지만, 다행히 연사는 할 수 없다.

"상관없어. 네가 어디서 뭘 하든 흥미도 없어. 내가 알고 싶은 건 하나뿐…. 이건 오펠리아 본인의 의지냐?"

"……."

유리스의 질문에 퍼시벌은 입을 다물고 있었다. 역시 대답할 생각은 없는 듯했다.

"그렇다면 대답은 힘으로 들어야겠다!"

유리스 주위에서 채 억누르지 못한 만응소가 불꽃으로 변해 뿜어져 나왔다.

거기에 응하듯 주위의 알디 모조품들이 해머를 고쳐 들고, 퍼시벌이 권총형 황식무장을 꺼내들었다.

그때였다.

"그런 일이라면 저희도 낄 수 있을까요? 듣고 싶은 게 너무 많아서 말이죠, 저쪽에 있는 선배한테요."

그런 목소리가 폐허에서 울려 퍼지고 유리스와 퍼시벌의 중간 즈음에서 두 명의 새로운 인물이 나타났다.

적이라고 판단했는지 그들 가까이에 있던 알디 모조품들이 덤벼들었지만… 한 줄기 검선이 어둠 속에서 번쩍이자 그 거대한 몸은 그대로 두 동강이 나 버렸다.

"바리언트를 일격에…?"

퍼시벌이 놀랍다는 듯이 중얼거렸다. 아마 이 알디 모조품들은 바리언트라고 하는 모양이다.

"하여간… '우기사'란 이름이 아깝습니다. 대체 뭘 하고 계시는 겁니까?"

질려버렸다는 표정으로 불빛 아래로 나온 사람은 부드러운 금발을 가진 소년이었다. 손에 든 순백의 도신을 가진 검은 아야토가 사용하는 '흑로의 마검'과 이름을 나란히 하는 사색의 마검 중 하나인 '백려의 마검'이다.

소년의 등 뒤에는 앞머리를 길러 눈을 가린 소녀가 주뼛거리며 달라붙어 있었다.

"'빛의 검'에 '성자의 마녀'까지…?"

"윽….."

유리스도 그들의 난입에 놀랐지만, 둘을 본 퍼시벌의 표정이 한순간 일그러지는 걸 놓치지 않았다. 이건 퍼시벌도 예상치 못한 사태인 듯했다.

"…어떻게 여기를?"

쥐어짜내는 듯한 목소리는 차갑고 고요했지만, 살짝 떨리고 있었다.

"지성공회의의 정보수집 능력이 얼마나 대단한지는 선배도 잘 아시잖습니까? 나쁜 놈들과 함께 뒤에서 하고 계시는 일 정도는 이미 다 파악을 끝냈습니다."

금발 소년, 지금은 성 가라드워스 학원의 학생회장인 '빛의 검' 엘리엇 포스터는 다시 '백려의 마검'을 허리에 차더니 온화한 목소리로 말했다.

"아무튼 학교로 돌아오세요, 가드너 선배. 모든 건 그다음부터입니다. 괜찮습니다, 지금이라면 아직 어떻게든 될 테니까요."

"그, 그래요…! 다들… 다들 선배를 걱정하고 있어요! 페어클럽 선배도, 블랑샤르 선배도…!"

"하아…."

그런 엘리엇을 보며 퍼시벌은 한숨을 쉬더니 고개를 가로저었다.

"이런 상황에서도 아직도 그런 소리를…. 네에, 그렇겠지요. 가라드워스는 훌륭한 학교입니다. 모두 상냥하고 고결한 사람들이죠. 거기에 있을 때는 정말로 마음이 편했어요. 하지만 그게 문제입니다. 나는 그곳에 있으면 둔해집니다. 녹이 습니다. 그래서야 그 아이들을 볼 면목이 없어요. 나는 죗값을 치러야 합니다. 그러기 위한 총이 되어야만 합니다."

퍼시벌의 말은 점점 공허해져갔다. 얼음처럼 차갑게, 총처럼 무기질적으로.

"나는 지금 충만합니다. 완벽한 사용자 아래에서 아무것도 생각하지 않고, 그저 총이라는 역할에 충실하면 됩니다. 그래요, 그것이야말로 지금 나에게는 그것만이 속죄니까요."

그 말이 끝남과 동시에 퍼시벌이 왼손을 내리고, '속죄의 추각'에서 강렬한 빛줄기가 뻗어 나왔다.

"사정은 모르겠지만 내부 분열이라면 다른 곳에서 해주면 좋겠는데!"

"구해드리러 왔는데, 말씀이 너무 심하신 거 아닙니까!"

유리스가 몸을 숙이면서 소리치자, 마찬가지로 자세를 낮춘 엘리엇도 그렇게 대꾸했다.

"어디서 생색이냐! 어차피 너희 목적은 '우기사'고 나는 덤 아니….'"

그렇게 말하는 도중에, 그 눈부신 빛 속에서 바리언트의 무리가 뛰쳐나왔다. 당연하지만 바리언트 같은 의형체에게 '속죄의 추각'은 효과가 없기 때문이다.

유리스는 곧바로 방어기인 대홍의 심염순을 전개하려고 오른손을 들었지만, 골절의 통증 때문에 한순간 반응이 늦어지고 말았다.

'아차…!'

그런 유리스를 향해 바리언트가 해머를 내리치려 했지만, 어째서인지 그 거대한 몸이 그대로 움직임을 멈추었다.

무슨 일인가 하고 자세히 살펴보니, 바리언트의 관절에 몇 줄기나 되는 가시덩굴이 얽혀 움직임을 봉하고 있었다. 게다가 하나가 아니었다. 둘러보니 폐허는 이미 덩굴로 뒤덮여, 남은 바리언트들도 전부 거기에 붙들려 있었다.

"괘, 괜찮으세요…?"

이걸 해낸 사람은 물론 지팡이형 황식무장을 손에 든 '성자의 마녀', 노엘 메스메르였다.

"역시 '왕룡성무제' 본선 진출자야…. 이게 영역형 능력인가? 엄청난데. 고맙다."

"아, 아뇨, 그렇게 대단한 건 아닌…."

엘리엇과 달리 노엘은 얌전한 성격인지 수줍은 얼굴로 고개를 숙였다.

그 순간에 엘리엇이 몸을 낮추고 폐허를 질주했다.

'백려의 마검'이 한 차례 번쩍이자 바리언트 네 대의 목이 한순간에 날아갔다.

보아하니 바리언트들도 알디와 마찬가지로 방어장벽을 갖고 있는 듯하지만, 상대가 안 좋았다. '백려의 마검'은 임의의 대상만 선택해서 벨 수 있는 순성황식무장이기에, 회피를 제외한 어떤 방어도 무의미하기 때문이다.

"자, 돌아가죠, 선배. 죽어도 싫다고 하신다면, 저도 학생회장으로서 힘을 행사하는 수밖에 없습니다."

그 눈동자에는 강한 결의가 배어나왔다.

한편, 퍼시벌은 오른손으로 얼굴을 덮고 뭔가를 중얼거리고

있었다.

"이번도 그렇고 저번도 그렇고, 어째서 이렇게 방해꾼이 끼어드는 거지…. 아, 이제 다 틀렸어요. 이런 걸로는 안 돼요. 쓰러뜨릴 수 없습니다. 명령을 완수할 수 없다. 속죄할 수 없다. 그렇다면…."

그 눈은 검고 공허해, 초점조차 맞지 않았다.

동시에 퍼시벌 뒤에 떠 있던 '속죄의 추각'이 형태를 바꾸기 시작했다. 잔을 옆으로 쓰러뜨린 형상에서, 빛을 흩뿌리며 컵 바닥의 뾰족한 부분을 둘러싸듯 가늘고 긴 형태로 변화한다.

"아니, 저건…?!"

그걸 본 엘리엇이 경악한 채 눈을 휘둥그레 떴다.

"설마 '성배' 제2형태?! 하지만 그건…!"

기분 나쁜 오한이 유리스의 등에 퍼졌다.

저건 곤란하다. 상당히 위험한 물건이다.

유리스의 직감이 최고 수준의 경고를 발했지만, 어떻게 반응해야 좋을지조차 알 수 없었다.

'막으려 해도 저렇게 무차별적으로 빛을 뿜으면 접근할 수도 없어…! 일단 거리를 둘까? 아니, 하지만…!'

그러는 동안에 '성배'는 창으로 모습을 바꾸었다. 주위에는 눈부신 빛을 두르고 있는데, 아마 변형 전과 마찬가지로 닿으면 그대로 의식을 잃게 될 것이다.

퍼시벌의 왼손이 천천히 움직여 그것을 잡으려 한 순간….

"이거 참… 조금 조작한 정도로 이렇게까지 불안정해지다니… 난처하군."

갑자기 나타난 새로운 난입자가 그 팔을 잡아 제지했다.

로브를 푹 눌러쓴 그 여자가 손을 대자마자, 퍼시벌은 의식을 잃은 것처럼 힘없이 쓰러졌다.

"이런 곳에서 '성창'을 던지면 곤란하지. 자칫하면 시가지까지 피해가 갈지도 모르니까. 지금 시기에 무의미한 소동을 일으키고 싶지는 않아."

유리스뿐 아니라 엘리엇과 노엘도 그 로브를 쓴 여자에게서 눈을 떼지 않았다. 어디에서 어떻게 나타났는지 도무지 알 수 없었기 때문이다.

"유리스=알렉시아 폰 리스펠트."

로브를 뒤집어쓴 여자는 퍼시벌을 짊어지더니 유리스에게 말했다.

"타임 오버. 가라드워스의 정보기관이 우리 냄새를 맡았다면 이 이상 무모한 짓을 할 수 없지. 네 입을 막는 건 포기하겠어. 하지만 오펠리아와 약정한 내용은 반드시 지켜라. 만약 어긴다면…."

"굳이 말 안 해도 돼. 누군가한테 말할 생각이 있었다면 벌써 했지. 네가 누군지는 모르지만 오펠리아의 동료겠지? 그쪽이야말로 이제 와서 무슨 생각이지? 설명을 좀 해줬으면 좋겠는데."

유리스가 노려보자 로브를 뒤집어쓴 여자는 무시하듯 등을 들렸다.

"…우리로서도 그건 다루기 힘들어서 이렇게 되었을 뿐이야. 순종적인 듯하다가도 변덕스럽고, 얌전한 듯이 보이면서도 가끔은 과감하게 행동하지. 너무 제어하기 힘들어. 애초에 인간의 본질이란 언제나 그렇게 상반된 것일지도 모르겠다마는."

그렇게 말하더니 로브를 뒤집어쓴 여자는 퍼시벌과 함께 흐느적 무너져 모습을 감추었다.

그리고 다음 순간에 남아 있던 바리언트의 몸체가 굉음을 내며 하나씩 폭발해, 폐허를 불길로 뒤덮었다.

"큭! 증거 인멸인가? 잔머리는 잘 돌아가는군…!"

이렇게 되었다면 어쩔 방법도 없다.

하지만 돌아가려 곧바로 걸음을 돌린 유리스를 향해, 엘리엇이 '백려의 마검'을 들었다.

"아, 잠깐만 기다려 주시죠. 당신한테도 묻고 싶은 게 잔뜩 있습니다."

"미안하지만 난 할 수 있는 얘기가 아무것도 없거든. 뭐, 너희가 멋대로 조사하고 싶다면 그건 말리지 않겠지만."

"그럴 수는 없습니다!"

엘리엇은 유리스 앞을 가로막듯 멈춰 서서 조금도 물러서려 하지 않았다.

"저 로브를 뒤집어쓴 여자는 대체 누구죠? 아니, 그 이전에 어째서 가드너 선배가 당신을 노린 겁니까? 대화 도중에 언급된 오펠리아는 그 오펠리아 란드루펜인가요? 그렇다면 어째서 여기서 그 이름이…!"

심각한 표정으로 속사포처럼 질문을 날리는 엘리엇에게 유리스는 가볍게 고개를 가로저으며 물었다.

"그런 건 오히려 내가 묻고 싶은데. 너희는 가라드워스가 자랑하는 지성공회의한테서 정보를 받아서 여기에 왔다면서?"

"그건….'

그러자 유리스의 말에 엘리엇은 한순간 입을 다물고, 시선을 피하면서 말했다.

"아까 한 말은 사실 거의 다 허세입니다. 확실히 지성공회의는 이번 가드너 선배의 행동을 파악하고 있었지만, 어디까지나 우연히 정보망에 걸렸을 뿐이고 선배의 배후에 있는 조직에 대해서는 여전히 어렴풋한 수준밖에 알지 못합니다."

분하다는 듯이 입술을 깨무는 엘리엇.

"그런 애매모호한 상태에서 학생회장이 직접 나섰다고?"

유리스가 어이없다는 듯이 말하자 엘리엇은 어딘가 자조하듯 웃었다.

"어차피 무능한 학생회장이라는 딱지가 붙어 있으니까요. 적어도 이 정도는 해야지요."

그러고 보면 신임 학생회장인 엘리엇은 흑기사 문제도 그렇고, 학교 내외에서 상당히 욕을 먹고 있다고 들었다. 어니스트 페어클럽의 후임이라는 사실부터가 엄청난 부담일 텐데, 안쓰럽긴 하다.

"아, 아니에요! 오빠는 가드너 선배를 걱정했기 때문에 스스로 온 거예요! 가드너 선배는 아직 대외적으로는 휴학 처리되어 있으니까 최대한 비밀리에, 그리고 원만하게 해결하고 싶다면서요! 제, 제가 억지로 따라오지 않았다면 정말로 혼자서 왔을지도 몰라요!"

그러자 노엘이 새빨개진 얼굴로 끼어들었다.

"그건 그것대로 무모한 짓이라고 생각하는데….."

실제로 엘리엇이 어떻게 하든 이미 이 일대는 지성공회의가 망을 보고 있을 게 분명하다.

하지만 역시 '성검'의 계승자답다. 학생회장에 적합한 성격이라고 말하기는 힘들지만, 그 우직한 수준의 정의감과 청렴함은 진짜인 듯했다.

'응…? 잠깐, 성검이라고…?'

유리스는 그 순간 머릿속에서 조각이 딱 맞아떨어지는 걸 느꼈다.

잘 되면, 단숨에 문제를 해결할 수 있을지도 모른다.

"알았다. 내가 아는 범위만이라도 괜찮다면 알려주겠어."

만약 오펠리아의 말처럼 이 세상에 운명이라고 부를 만한 게 있다면, 그야말로 이날 이 순간에 이 상황이 갖춰진 것이야말로 하늘의 뜻이라고 말해야 할지도 모르겠다.

"저, 정말인가요?!"

"갑자기 어째서…?"

눈을 반짝거리는 노엘과 의아한 표정을 짓는 엘리엇에게 유리스는 손가락 두 개를 세워 보였다.

"단, 두 가지 조건이 있어. 하나, 정보제공은 '왕룡성무제'가 끝난 후에 한다. 이래 봬도 난 이겨서 여기까지 올라온 몸이니까 다른 일에 정신을 빼앗기고 싶지 않거든."

오펠리아와 한 약속은 결승전이 끝나면 의미가 사라진다. 그렇다면 모든 게 끝난 후에는 아무 문제 없을 것이다.

"…또 하나는?"

뭔가 터무니없는 요구가 날아오지 않을까 하고 걱정하는 듯한 엘리엇이 긴장한 표정으로 물었다.

"공주님을… 한 명 구해 줬으면 하거든. 기사의 본분이잖아?"

학전도시
앤스터락

제2장

준준결승 제1시합

지에롱 제7학원의 황진전. 그곳 누각의 최상층에 설치된 월견대에서 우메노코지 후유카는 이곳의 주인인 학생회장 판싱루와 술잔을 마주 기울이고 있었다.

하지만 마시는 건 술이 아니다.

싱루의 말에 따르면 약금탕이라 불리는 선약의 일종이라고 한다. 이름처럼 금색으로 빛나는 그 액체는 부드럽고 살짝 단맛이 나서 목 넘김이 좋았다.

"그런데 드문 일도 다 있네요. 스승님께서 이렇게 따로 저를 불러내시다니."

후유카는 싱루에게 가르침을 받고 있지만 엄밀히 말하면 문하생은 아니다. 손님 신분으로 성선술 지도를 받고 있을 뿐이고, 후유카는 우메노코지 가문이 간직해 온 술리를 버릴 마음이 없기 때문이다.

우메노코지 가의 비술은 지난 천 년 동안 실전되어, 젊은 나이에 당주 자리를 물려받은 후유카가 가까스로 개요만은 되살렸지만 미흡한 구석이 많다. 그 부족한 부분을 성선술로 보완하기 위해 후유카는 싱루에게 가르침을 구했다. 직접 보지는 못했다지만 싱루는 아직 비술이 실전되기 이전의 우메노코지 가와 교류가 있었다고 하니 스승으로 이보다 적합한 상대는 없을 것이다.

그런 경위가 있어서인지, 아니면 뭔가 다른 이유가 있는지는 모르겠지만 싱루는 정식 문하생과 달리 필요 이상으로 후유카에게 관여하지 않았다. 성선술에 관해 질문하면 상세하게 답해주고 때로는 조언도 해주었지만, 서로 일정한 거리를 유지해 왔다는 느낌이었다.

예외라면 비술을 부활시켜 그것을 눈앞에서 실천해 보여준 날 정도뿐이다.

"호호, 별건 아니다…. 조금 확인해 두고 싶은 게 있어서 불렀다."

어스름한 달을 바라보며 싱루가 눈동자를 가느다랗게 떴다.

"어머나, 새삼스럽네요. 대체 무슨 일이시기에?"

"네 바람이 궁금하다. 만약 '왕룽성무제'에서 우승한다면 너는 통합기업재체에 무엇을 요구할 생각이냐?"

"아아… 그거라면, 제대로 말씀드린 적이 없었네요."

지에룽의 학생은 다른 학교에 비해 '성무제' 참가율이 상당히 높다. 그건 학교의 성격상 무예를 겨뤄 실력을 확인하는 데에 적극적이기 때문이다.

물론 확실한 목적이나 바람을 갖고 '성무제'에 참가하는 학생도 있지만, 비율로는 그쪽이 소수파일 것이다. 그래서 학생들 사이에서도 그런 화제는 잘 오가지 않는다.

"하지만 스승님은 어느 정도 깨닫고 계시겠지요?"

그렇게 운을 띄워 보아도 싱루는 후유카를 보고만 있을 뿐이었다.

어쩔 수 없이 후유카는 가볍게 한숨을 내쉬고는 입을 열었다.

"제 바람은…. 그래요, 바로 말하자면 불로불사라고 할 수 있을까요."

"흥! 역시 그거였느냐."

그러자 싱루는 자못 시시하다는 듯이 내뱉고는 잔을 들이켰다.

아무래도 후유카의 바람이 마음에 들지 않았던 모양이다.

물론 불로불사 같은 허무맹랑한 소리를 통합기업재체에 요구한다고 이룰 수 있을 리가 없다. 기껏해야 냉동수면 장치 따위나 제공받게 되겠지. 낙성공학의 힘으로도 인간의 과학기술은 수명을 아주 조금 연장시키는 정도밖에 이루지 못했다.

하지만 그게 절대로 불가능한 일이냐면 꼭 그렇지는 않다.

아무튼 지금 눈앞에 사례가 있으니까.

"그러니 일단 황산이나 아미산, 아니면 태산에 입산 허가를 받으려고 하네요. 그다음에는 스스로 어떻게든 해볼까 합니다."

현재 오악을 비롯한 각지의 영산은 지에롱이 관리하고 있기에 쉽게 출입할 수 없다. 사실 그들은 그곳 지하에 잠든 거대한 울름=마나다이트가 목적이고 장소 자체가 중요하다는 사실은 깨닫지 못하는 듯하다. 무리도 아니지만.

"하아…. 설마 지금 시대에 등선을 원하는 자가 있을 줄은 몰랐구나."

"낡은 것만이 자랑인 집에서 태어난 게 문제였을지도 모르겠네요."

후유카는 그렇게 말하며 옷소매로 입가를 가리고 웃었다.

"네 선골이라면 아주 불가능하지는 않을 게야. 하지만 별 시시한 바람을 다 듣는구나. 내가 한마디 하자면 선자란 그저 허물벗기를 하고 남은 껍데기일 뿐이야."

"스승님도 비슷한 존재잖아요?"

"얼빠진 소리. 똑같이 취급하지 마라. 내 술법은 어디까지나 시해(尸解)를 응용한 게야."

싱루는 화가 난 표정으로 후유카를 째려보았다.

"하여간, 최대한 네 선연을 자극하지 않으려고 노력해 왔다만 소용없는 짓이었구나."

"아아, 그런 이유였나요."

그렇다면 그건 확실히 괜한 수고를 했다는 말밖에 할 수 없다.

후유카는 싱루와 만나기 훨씬 전부터 선자를, 확실히 말하자면 오니를 지배해 함께 영생하는 존재를 꿈꿔왔으니까.

먼 옛날부터 울름=마나다이트 조각이 묻힌 영지를 점유해

온 우메노코지의 혈통은 식신 제작과 사역에 특화된 능력을 계승하고 있다. 식신이란 만응소를 특정한 법칙으로 조합해 의사적인 생명으로 만들어낸 것으로, 평소에는 부적 같은 형태로 봉인되어 있기에 (성선술의 원조라고 할 수 있다) 장시간 활동은 불가능하지만 그 대신 죽지도 않는다. 일시적으로 형태를 잃어도 술식만 무사하다면 얼마든지 부활할 수 있다.

만응소가 적었던 '낙성우' 이전 시대에는 식신 하나를 만들려면 영지에 틀어박혀 며칠이나 심혈을 기울여야 했다고 한다. 만응소가 풍부한 현대에는 그럴 필요도 없어졌지만, 식신의 힘은 만응소의 양뿐 아니라 그것을 구성하는 기술에 의해서도 크게 변화한다. 복잡한 술식을 완성하려면 역시 그에 상응하는 시간이 필요하고, 그렇기에 일족이 천 년 동안 수정을 거듭하며 섬세하게 만들어낸 명통귀는 노엘 메스메르를 일축하는 수준의 힘을 갖게 되었다.

후유카는 일족의 역대 당주 중에서도 압도적인 재능을 가져, 어린 시절부터 인간보다 본가 소유의 식신들과 놀며 성장했다. 고도의 지능을 가진 식신은 수가 많지 않지만, 명통귀를 필두로 그런 식신들은 오랜 세월을 살아온 자가 많다. 그리고 어째서인지 그들의 이질적인 가치관이 후유카에게는 잘 맞았다. 일족 중에는 그런 후유카를 오니에게 홀렸다고 비난하는 사람도 있었다.

그래도 후유카도 그들과 같은 시간을 살아갈 방법이 있다면….

"그런데 내일 시합은 어쩔 게냐? 이길 수 있을 것 같나?"

한편 싱루는 이제까지의 언짢은 표정을 확 바꾸고 그런 질문을 했다.

"…그런 건 제가 묻고 싶을 정도인데, 너무 쉽게 말씀하시는걸요."

내일 준준결승 상대는 그 유명한 '무라쿠모' 아마기리 아야토다.

질 마음은 추호도 없지만, 이길 수 있느냐고 묻느냐면 장담하기 힘든 강적이다. 신체 스펙도 대단하지만, 이번 대회에서는 그 '흑로의 마검'을 거의 완벽하게 다루는 경지에 달했다. '사취성무제'의 샤오페이를 모방해 대책은 세워 두었지만, 그것도 과연 얼마나 통하려나.

"그래도 스승님이 즐기실 수 있는 시합이 되도록 노력해 보겠어요."

"크큭! 그러냐. 그렇다면 기대해 보마. 너와 네 식신, 그리고… 우메노코지의 비술을."

싱루는 그렇게 말하고 진심으로 기쁘다는 듯이 술잔을 입으로 가져갔다.

*

[자, 그럼! 드디어 이번 '왕룡성무제'도 6회전, 준준결승이 시작됩니다! 이 시리우스 돔에서는 그중 제1시합을 보내드리게 되었는데요! 자하룰라 씨, 이번 시합의 주목 포인트를 다시 한번 말씀해 주시죠!]

[그러게, 일단 이번 준준결승 경기 중 주목도를 놓고 보면 카노푸스 돔의 오펠리아 란드루펜과 실비아 류네하임의 제2시합이 단연 최고일 거야. 세계의 가희와 절대최강자의 리벤지 매치니까. 그리고 프로키온 돔의 제3시합, 사사미야 사야와 레나티 전은 최신 황식무장과 최신 의형체가 정면대결하는 화려한 격전이 될 테니 분위기가 뜨거울 테고. …그래도 역시 나는 이번 제1시합, 아마기리 아야토와 우메노코지 후유카의 시합이 제일 재미있을 거라고 확신해.]

미코의 질문에 자하룰라가 그렇게 대답한 순간, 회장을 뒤흔드는 거대한 환성이 울려 퍼졌다.

스테이지에 선 아야토는 그 흥분을 피부로 느끼면서도, 어딘지 제대로 집중하지 못하고 있었다.

현재 아야토는 이러지도 저러지도 못하는 상황에 처해 있다.

최우선 사항은 이 '왕룡성무제'에서 우승해 누나의 생명을 지키는 것이다. 그건 분명하다.

그러면서 동료들의 힘을 빌려 자신을 협박한 '처형도'의 배후를 조사하고 금지편 동맹이라는 조직을 쫓는 활동도 하고 있다. 어제도 조정일을 이용해 사야나 실비아 같은 멤버들과 애스터리스크를 뒤져 보았지만, 결국 유력한 단서는 잡지 못했다. 다행히 누나와 헬가가 진행하는 수사에 뭔가 진전이 있다고 하니, 초조하긴 해도 지금은 거기에 걸어보는 수밖에 없다.

한편 사야와 실비아의 시합도 신경이 쓰인다. 둘 다 이제까지와 다른 강적, 특히 실비아는 '왕룡성무제'를 연속으로 우승한 최강의 '마녀'가 상대이니만큼 걱정하지 않을 수가 없다. 시합이 열리는 스테이지가 달라 오늘은 직접 대화를 나누지 못했지만, 대기실에서 공간 윈도를 통해 서로 응원을 보냈다. 무사히 이겨서 올라와 주면 좋겠는데.

그리고 만약 아야토가 이번 시합에서 이긴다면 다음에는 이미 부전승으로 준결승 진출이 결정된, 아야토에게는 누구도 대신할 수 없는 장밋빛 머리카락의 파트너 유리스가 기다리고 있다. 즉, 아야토가 누나를 구하려면 자신의 손으로 유리스의 바람을 꺾어야 한다는 뜻이 된다. 그건 아야토로서는 무엇보다도 괴롭고 피하고 싶은 일이었다.

"후후… 마음이 딴 데 가 있는 것 같은데?"

그 목소리에 퍼뜩 놀라 고개를 들자, 방긋 웃는 후유카의 모습이 있었다. 오늘도 지에룽 교복 위에 전통의상 겉옷을 걸치고, 손에는 부적으로 만든 듯한 부채를 들고 있다.

"따, 딱히 그렇지는…."

아야토는 깜짝 놀라 부정하려다가 곧바로 생각을 고쳐먹었다.

"아니, 그 말이 맞아. 확실히 다른 데에 정신이 팔려 있었던 것 같아. 면목이 없다."

그렇게 말하고 순순히 고개를 숙였다.

후유카의 지적은 사실이다. 척 봐도 알 수 있을 만큼 집중하지 못하고 있었다면 그건 대전 상대인 후유카에게 예의가 아니다.

"풉…! 어머나, 별 소리를 다 하네. 이걸 성실하다고 해야 하나, 정말로 기묘한 사람이야."

후유카는 웃음을 터뜨렸지만 그 목소리도 어딘지 우아해서 종이 딸랑거리는 느낌이었다.

"마음이 딴 데 가 있다면 나야 오히려 고맙지. 편하게 이길 수 있다면 그보다 좋은 건 없으니."

"아~ 그건…."

그렇게 생각하면 또 그렇기도 하다.

"하지만 우리 스승님이나 후평, 알레마가 한 말이 어쩐지 이해가 가기도 해. 그래, 확실히 이건… 후후후."

후유카는 여전히 웃느라 어깨를 들썩이면서도, 오른손을 내밀었다.

"내 싸우는 방식은 정정당당하다고는 말하기 힘들지도 모르지만… 오늘은 잘 부탁해, '무라쿠모' 씨."

"…나야말로."

아야토가 그 손을 맞잡자 관객들에게서 일제히 커다란 함성이 울려 퍼졌다.

[스테이지에서는 두 사람이 뜨거운 악수를 나누고 있습니다! 크으, 이런 모습도 '성무제'의 매력 중 하나죠! …앗, 그러는 동안에 슬슬 시합 시작 시간이 다가오고 있는 듯합니다!]

미코의 말을 듣고 아야토와 후유카는 각자 지정된 위치로 돌아갔다.

아야토는 일단 눈을 감고 크게 심호흡한 후, 아까의 자신을 강하게 반성하며 의식을 전환했다.

['왕룡성무제' 준준결승 제1시합, 시합 시작!]

하지만 기계 음성을 들었는데도 아야토와 후유카는 천천히 자세만 잡고서 서로 움직이지 않았다.

"…음? 의외인걸. 분명히 속공으로 나올 거라고 생각했는데."

"그렇겠지. 바로 그래서야."

후유카의 배틀 스타일은 아야토도 당연히 체크가 끝났다.

만응소로 만들어진 식신이라는 이형을 소환해 사역하는 그 스타일은 예전에 리젤타니아에서 싸웠던 구스타프 말로와 비슷하다. 그렇다면 일단 소환자 본인을 공략하는 게 답이긴 하다. 구스타프는 멀리 숨어 자신을 보호했지만 '성무제' 스테이지에서는 그럴 수도 없으니까. 성가신 식신을 소환하기 전에 속공으로 끝내버리면 된다.

하지만 카게보시가 입수했다는 후유카의 지에롱 서열전 영상에서는, 그녀는 식신에 의존하지 않고 체술로만 시합을 운용했다. 짧은 영상이라 추측일 뿐이지만 아마 아이키도나 유술, 상대의 힘을 이용하는 종류 중에서도 상당히 오래된 유파일 것이다. 낙법을 허용하지 않고 던지고 때리고 꺾는, 어딘지 아마기리 신명류의 격투술과 비슷하다고 느껴지는 움직임이었다. 그리고 조금 전에 악수하면서 아야토는 확신했다. 그것은 분명 오랜 세월을 단련한 자의 손이었다.

그렇다면 성급하게 공격에 나설 수는 없다. 후유카도 아야토가 속공에 나설 거라는 예상 정도는 했을 테니 카운터에 당할 위험성이 있다. 물론 현재 아야토의 힘이라면 카운터에 당하기 전에, 혹은 카운터가 나와도 다시 회피하고 결정타를 날릴 수도 있을지 모르지만….

'다리가 이런 상태니….'

저번 시합에서 로돌포 조포에게 당한 오른 다리의 부상은 다행히 그리 심하지 않았지만, 그래도 절대로 만전의 상태라고 말할 수는 없다. 돌진에는 분명히 영향이 있는 수준이기에, 0.1초가 승부를 가르는 속공에서는 큰 손해다.

무리해선 안 된다.

"후후, 기왕 보여준 호의니까 잘 편승해 봐야겠는걸."

후유카는 그렇게 말하더니, 빈틈없이 뒤로 뛰어 거리를 벌리며 인을 끊었다.

"급급여율령, 칙!"

도인을 끊자 검붉은 빛이 번쩍이고, 그 안에서 고풍스러운 갑주를 입은 세눈박이 식신이 나타났다. 검붉은 피부에 두 개의 뿔, 팔 척이 넘는 키에 쇠사슬이 달린 거대한 도끼… 그야말로 옛날이야기에 나오는 오니의 모습 그대로였다.

"호오, 이번 상대는 눈빛이 좋군. 재미있어."

씩 웃는 입가에서는 날카로운 송곳니.

엄청난 위압감이었다.

노엘 메스메르와의 시합에서 그 힘은 이미 확인했지만, 이렇게 실제로 대치해 보니 그 압박감은 상상 이상이었다.

그러면서 후유카가 손가락을 가로로 흔들자, 그 소매에서 무수한 부적이 박쥐처럼 날아 위악의 도끼에 달라붙었다.

"이제 준비 끝. 그럼 위악, 뒤는 잘 부탁해요."

"맡겨두어라."

짧게 대답한 위악은 묵직한 발소리를 내며 앞으로 나섰다.

"젊은 무사여, 이름이 어찌 되는가?"

"…아마기리 아야토."

"그런가? 그럼 잘 듣도록, 아마기리 아야토. 나의 이름은 위악! 친제이의 후손, 봉공의 매화를 수호하는 적귀이니라!"

쩌렁쩌렁한 목소리로 이름을 외치고, 통나무 같은 다리로 땅을 차는 위악.

한순간에 간격을 좁혀 내리치는 도끼를 '흑로의 마검'으로 받아냈다.

"큭…!"

"흐읍…!"

겉모습으로 상상한 수준보다도 더욱 강한 그 힘에 뼈가 시큰거리지만, 아야토는 힘겨루기를 하던 날을 살짝 비켜 도끼를 흘려내면서 위치를 맞바꾸며 '흑로의 마검'을 가로로 휘둘렀다. 그러자 위악은 그 외모로 상상조차 가지 않는 가벼운 몸놀림으로 훌쩍 점프해 그 일격을 피했다.

아야토는 착지를 노려 찌르기를 날렸지만 위악은 그걸 도끼로 튕겨내고는 왼손에 든 쇠사슬로 아야토의 다리를 낚아채려했다. 아야토는 미세하게 스텝으로 공격을 회피하면서, '흑로의 마검'을 내리쳤다.

날을 맞댈 때마다 위악의 도끼에서 피어오르는 불꽃은 후유카의 부적이겠지. '사취성무제'에서 샤오페이가 했던 것처럼 역장을 발생시키는 부적을 몇 겹씩 붙여 '흑로의 마검'으로부터 도끼를 지키는 것이다.

아야토가 검속을 높이면 위악도 거기에 맞춰 속도를 올리다가, 어느 틈에 아야토보다 공격이 많아지며 반격으로 전환한다. 아야토도 아야토대로 속도를 높여 거기에 대항한다. 서로 한 치도 물러나지 않고, 날과 날을 부딪치며(엄밀히 말하자면 부딪히지는 않았지만), 한 번의 실수도 용납하면 안 된다는 듯이 집중하며 검을 휘두른다.

[가, 갑자기 엄청난 공방이 시작되었습니다! 그보다 저는 이미 검이 번쩍이는 섬광 말고는 거의 보이지 않습니다!]

[아마기리 아야토랑 검술로 정면승부를 할 줄이야…. 역시 저 위악은 정말 엄청나. 학생이었다면 우리 사이트 랭킹 상위에 올렸을 텐데.]

이윽고 혼신의 일격이 부딪치고, 서로 조금 자세가 무너지면서 다시 거리를 조정했다.

"후우…. 곤란한데."

아야토는 이마의 땀을 닦으며 저도 모르게 그렇게 내뱉었다.

위악의 근접전 역량은 아마 '사취성무제' 시점에서의 샤오페이를 능가할 것이다. 지금의 샤오페이는 그때보다 훨씬 강해졌으니 직접 싸워보지 않은 아야토가 단정할 수는 없지만, 그래도 기량만 비교한다면 손색이 없을지도 모른다.

"훌륭하구나, 아마기리 아야토."

위악은 그 짧은 한마디만 하더니 다시 도끼를 들었다.

그 도끼에 후유카가 꺼낸 대량의 부적이 스스로 움직여 달라붙었다. 조금 전에 맞붙으며 소모된 분량을 보충한 모양이다. 성가시기 짝이 없다.

하지만 아야토도 지난 1년을 그냥 낭비하지는 않았다.

아야토는 성진력을 오른손에 집중시켜 차분하게 '흑로의 마검'으로 흘려 넣었다. '흑로의 마검'이 가진 힘을 완전히 발휘하기 위한 대가다. 날이 부르르 떨리면서 아야토에게 응답해 주는 게 느껴졌다.

"하아앗!"

아야토는 단숨에 뛰어 위악의 품에 파고들더니 '흑로의 마검'을 하단세에서 올려베었다.

"크으…윽?!"

그 일격은 아까와 달리 아무런 저항 없이 위악의 도끼를 두 동강 냈다. 달라붙어 있던 부적에 전부 불이 붙더니 순식간에 다 타서 사라졌다.

위악은 몸을 뒤로 젖혀 칼끝을 피했지만, 가슴을 가린 갑주는 반으로 쪼개지고 하반신 쪽은 땅에 떨어지기 전에 허공에서 사라졌다. 확인해 보니 두 동강 난 도끼도 이미 한쪽이 사라졌다. 식신의 무구는 파괴당하면 소멸하는 모양이었다.

위악이 놀란 듯이 세 개의 눈을 크게 떴고, 아야토는 공격을 늦추지 않았다.

연이은 공격을 위악은 가까스로 뒤로 뛰어 피했지만, 이미 자세가 무너졌다. 추격해 혼신의 찌르기를 날리려는 순간에 느닷없이 뇌격이 연속으로 아야토를 덮쳤다.

"저런, 간발의 차이였는걸."

상황을 확인하니 후유카가 손에 부적 여러 장을 부채처럼 펼쳐 들고서 서늘하게 웃고 있었다.

당연한 이야기지만 이 싸움은 아야토와 위악의 1대 1 결투가 아니다. 후유카도 거기에 스스로 끼어드는 위험을 감수하지야 않겠지만, 지금처럼 원호는 할 것이다. 성선술은 풍부한 서포트 패턴을 보유하고 있으니 방심하면 안 된다.

그래도 아야토는 초조해하지 않고 '흑로의 마검'을 정안세에 두었다.

위악은 강하다. 하지만 거기에 후유카의 지원까지 감안하더라도 이길 수 없는 상대는 아니다.

아야토의 검술과 이 '흑로의 마검'이 있다면.

만물을 태워 끊는 방어불능의 마검. 그 진정한 힘을 끌어낼 수 있다면, 부적으로 발생한 역장이든 뭐든 지금처럼 간단히 두 동강 낼 수 있다. 성진력 소모가 심하기에 언제나 이 상태를 유지하기는 힘들지만, 아야토가 보유한 성진력을 생각하면 시합 하나 정도는 시작부터 끝까지 유지할 수 있다.

"이 정도일 줄이야…. 정말 무시무시한 마검이군."

"일단 대책으로 써보긴 했는데, 역시 남한테 빌린 발상으로는 한계가 있네."

감탄한 듯한 위악과 후유카에게는 어딘가 여유가 느껴진다. 아직 뭔가를 숨기고 있는 것이리라. 아야토도 이대로 이길 수 있는 상대라고는 처음부터 생각하지 않았다.

"어쩔 수 없는걸. 조금 요란하지만, 일단 물량작전을 써볼까."

후유카가 그렇게 말한 순간에 다시 수많은 부적이 소매에서 흘러나왔다. 지에롱의 도사를 상대할 때마다, 대체 어디에 이런 무한하다는 생각마저 드는 부적을 보관하고 있는지 궁금해진다.

기세 좋게 흘러나오는 부적은 하늘 높이 올라가더니 사방으로 흩어졌다.

그리고 그 수많은 부적은 순식간에 칼이나 창, 도끼나 대검 같은 무기로 모습을 바꾸었다. 그것도 열이나 스물이 아니라 백을 우습게 넘는 숫자였다. 스테이지 위로 폭우처럼 쏟아지는 무기들을 피하면서 주위를 둘러보니, 이미 무구와 무장이 난립한 숲이나 다름없는 풍경으로 변모해 있었다.

[이, 이게 어떻게 된 일일까요! 우메노코지 선수가 뿌린 부적이 무기로 변했습니다!]

　['흑로의 마검' 때문에 무기를 제대로 쓰지 못한다면 계속 새로운 무기로 갈아치우면 된다는 발상인가. 그런 임기응변으로 대항할 수 있다는 생각은 도저히 안 드는데….]

　아야토도 동감이다.

　'흑로의 마검'의 진가는 어디까지나 방어할 수 없는 공격이고, 무기를 파손시키는 건 부차적인 효과일 뿐이다.

　의아하게 생각하면서도 위악이 장창을 뽑아 확인하듯 휘두르는 모습을 주의 깊게 관찰하다 보니, 그 뒤에서 후유카가 다시 복잡한 인을 맺고 있는 걸 깨달았다.

　'아차…! 진짜는 저쪽이었나!'

　"급급여율령, 칙!"

　그러자 파르스름한 빛이 흐르더니 새로운 오니가 나타났다.

　그 오니는 긴 머리카락을 흩날리는 여자다. 키는 위악과 같거나 조금 작은 정도. 창백한 피부에 네 개의 팔, 이마에 난 뿔은 위악의 것보다 조금 길었다. 눈매는 날카롭지만 단정한 얼굴은 미인이라고 해도 될 수준이다. 잘 단련된 몸에는 위악의 갑주가 아니라 천조각으로 가슴과 허리만 최소한으로 가리고 있다는 차이가 있었다. 그 대신에 복잡한 문양이 새겨진 커다란 활을 팔 네 개에 들고 있었다.

"미안해요, 위권. 위악을 조금 도와주었으면 하는데."

"그러지요."

위권이라 불린 오니는 공손하게 대답하더니 위악과는 한순간 시선만 나누고 아야토 쪽으로 몸을 돌렸다.

"나의 이름은 위권. 친제이의 후손, 봉공의 매화를 수호하는 청귀라면 나를 뜻하는 깃이니, 기억해 두시기를."

영롱한 목소리는 몸이 덜덜 떨릴 정도의 냉기를 머금고 있었다.

위권이 뿜어내는 위압감은 위악보다 더하면 더하지 덜하지 않았다. 설마 위악과 동등한 식신이 더 있을 거라고는 솔직히 예상하지 못했다.

"설마, 이제부터 이런 상대가 줄줄이 튀어나오는 건 아니겠지?"

"후후, 글쎄…? 라고 허세를 부리고 싶지만, 아쉽게도 이걸로 끝이야. 이 둘을 동시에 사역하는 건 아무리 나라고 해도 상당히 힘들거든."

여전히 웃는 얼굴이지만, 살짝 땀이 흐르는 게 확실히 조금 힘들어 보이기는 한다. 성진력이 극단적으로 줄어들고 있다는 낌새는 없으니 식신의 소환이나 사역은 뭔가 다른 요소를 소모하는지도 모르겠다.

"하지만 이 위악과 위권은 우메노코지 가가 천 년에 걸쳐 만들어낸 최강의 식신이야. 식신들은 불사신이니까 거리낌 없이 마음껏 즐겨주면 좋겠는걸?"

후유카의 그 말을 신호로 위악이 달렸다.

아야토는 거기에 대응하려다가 몸이 이상하다는 걸 깨달았다.

몸이 뜨겁고 팔다리가 무겁다. 다리가 휘청거리고 머리도 안개가 낀 것처럼 의식이 몽롱하다. 마치 병이 나서 열이 나는 때처럼.

'이건…!'

"위권의 저주는 우리 학교의 성선술 따위보다 훨씬 강력하거든. 조심하는 편이 나을 거야."

위악이 뻗는 날카로운 찌르기를 가까스로 피하며 눈길을 주니, 위권 주위에서 대량의 만응소가 일렁이는 게 느껴졌다. 네 개의 팔 중 둘은 복잡한 인을 맺고 있고, 그 주위에 만응소가 모여 있다.

"주구도 의식도 주언도 필요없다니, 실로 고마운 세상이 되었군요."

그 영리해 보이는 얼굴에 싸늘한 웃음이 감돌았다.

아무래도 이 이변은 위권이 건 저주 같은 것이 분명하다.

'아무리 그래도 육체에 직접 간섭하는 능력에 이 정도 효과가 있다니…!'

정신간섭이든 육체간섭이든 '성맥세대'가 대상일 경우에는 성진력에 의해 효과가 크게 감퇴된다. '사취성무제'에서 활약한 팀 헬리온의 메듀로네는 석화 능력을 가진 '마녀'였지만, 그녀도 성진력을 넉넉하게 보유한 상대에게는 만전의 효과를 발휘하지 못했다. 예외라면 '라이아=폴로스'와 같은 순성황식무장 정도인데, 즉 위권의 서수가 가진 힘은 그것과 동등한 수준이라는 뜻이 된다. 후유카는 우메노코지 가가 천 년에 걸쳐 만들어냈다며 자랑했는데, 역시 그럴 만한 이유가 있었다.

"큭…!"

아야토는 비틀거리면서도 위악의 장창을 '흑로의 마검'으로 태워 끊었다. 위악은 도망치듯 거리를 두면서 곧바로 장창을 버리고 근처에서 대검을 뽑았지만, 한순간이라도 시간을 벌 수 있다면 그거면 된다.

'흑로의 마검'을 오른손으로 들고, 칼자루를 자신의 이마에 댄 자세로 성진력을 쏟아부었다.

"파(破)!"

그대로 날을 살짝 움직이자, 새빨간 열파가 퍼지더니 몸이 금세 가벼워졌다.

예전에 하루카가 '흑로의 마검'으로 자신의 기억을 수정한 '발다=바오스'의 힘을 태워 끊었듯, 아야토도 위권의 저주를 태워 끊은 것이다.

하지만.

"크으⋯!"

곧바로 다시 머리가 몽롱해지고 몸이 무거워졌다.

"내 주술을 끊어낼 줄이야. 하지만 이렇게 요기로 가득 찬 세상이라면 몇 번이든 다시 걸면 그만이지요."

그렇게 말하며 위권이 활시위를 당기자 검은 화살이 나타났다. 궁형 황식무장도 화살을 자동생성하는 건 마찬가지지만, 위권의 화살은 모양이 무시무시했다.

"참(斬)!"

그때 위악의 맹렬한 대검 공격이 덮쳐들었다.

아야토는 오른쪽으로 비스듬하게 베어내리는 그 일격을 '흑로의 마검'으로 튕겨내려 했지만, 그보다 조금 일찍 위권의 화살이 터무니없는 궤도를 그리며 날아오기에 그쪽을 먼저 처리해야 했다. 그 탓에 위악의 공격은 몸을 비틀어 피했지만, 이번에는 그 순간을 노렸다는 듯이 후유카의 부적이 아야토의 눈앞에서 폭발했다.

"크아악!"

곧바로 성진력을 모아 방어했어도 휘몰아치는 폭풍에 지면을 굴렀다. '봉황성무제'에서 지에롱의 쌍둥이가 애용한 폭뢰부. 하지만 위력은 비교할 수 없을 만큼 강력했다.

다시 그 틈을 놓치지 않고 위악이 거리를 좁히기에, 아야토는 황급히 뛰면서 '흑로의 마검'을 다시 들었다. 그야말로 숨 고를 틈조차 없다.

전위의 위악과 후위의 위권, 그리고 지원을 맡은 후유카의 연계는 무서울 정도로 빈틈이 없다.

마치 '사취성무제'의 강호 팀을 혼자서 상대하는 느낌이다.

게다가 지금 아야토는 위권의 저주로 신체적인 퍼포먼스나 판단력이 크게 저하된 상태다.

'흑로의 마검'으로 저주를 끊어낼 수 있다고 해도, 어디까지나 일시적인 거라면 이 상태로 지금의 위태로운 상황을 돌파하는 수밖에 없다.

"역시 이건 조금 버거운데…!"

아야토는 이마에 흐르는 땀을 닦으며, 저도 모르게 그렇게 투덜거렸다.

"캬하하! 아무리 아마기리 아야토라 해도 여기에는 밀리는 모양이구나!"

지에롱의 특별관전실.

즐거운 듯이 손뼉을 치는 싱루는 아직까지는 5회전 때처럼 흥분한 것 같지는 않았지만, 이 6회전도 그보다 전혀 못 하지 않은 격전이다. 언제 뭐가 어떻게 될지 몰라, 옆에서 보좌하고 있는 후펑은 걱정으로 평정을 유지하기 힘들었다.

"이야~ 하지만 역시 후유카의 식신은 조금 반칙 같다는 느낌이 드네요~ 특히 '왕룡성무제'에서는요."

싱루를 사이에 두고 반대편에 서 있는 세실리가 쓴웃음을 지으며 말했다.

"규칙에 어긋나지만 않는다면, 대응하지 못하는 상대가 미숙할 뿐이니라."

거기에 대한 싱루의 대답은 냉정했다.

"그래도 설마 저렇게 강력한 식신이 둘이나 있다고는 생각하지 못했습니다."

후펑이 보기에 위악과 위권은 둘 다 지에롱의 '페이지 원' 중에서도 상위 멤버와 비교해도 손색이 없다. 분하지만 후펑 본인도 위악과 1대 1로 싸워 이길 수 있느냐는 질문에는 고개를 가로저을 수밖에 없다.

"뭐, 저 둘은 특별하거든. 원래 우메노코지 가가 대대로 계승해온 식신, 명통귀란 저 위악과 위권을 통틀어 말하는 게야. 그래도 둘을 동시에 사역할 수 있는 기량을 가진 당주는 천 년 역사에 한 손에 꼽을 정도밖에 없다고는 하더구나. 그 점만 놓고 봐도 후유카의 재능은 걸출하다 할 수 있지."

"그보다~ 위권의 저주는 출력이 너무 터무니없는데요~ 저런 건 인간이 할 수 있는 기술이 아니잖아요. 아, 그야 인간이 아니긴 하지만요."

세실리는 그렇게 말하면서 분하다는 듯이 손톱을 깨물었다.

도사로서 이쪽은 이쪽대로 마음이 복잡해 보였다.

"위권은 몸 안에 술식이 짜여 있으니까. 성진력을 매개로 해서 만응소를 변환하는 '마녀'나 '마술사'와 달리, 저건 직접 만응소를 저주로 바꾸고 있는 게야. 과거에는 만응소 자체가 적었으니 장소나 보조구의 도움을 받아야 했지만, 만응소가 충만한 현재라면 써도 써도 남아돌 지경이지. 그런 만큼 위악보다는 어느 정도 신체 스펙이 뒤떨어지는 모양이긴 하다마는."

"그럼… 이대로 후유카 씨와 식신이 승리하게 될까요?"

"음, 글쎄~? 상대는 '무라쿠모'잖아? 이대로 끝날 거라고 생각하긴 힘든데~"

후펑의 말에 세실리가 장난스럽게 웃었다.

"나도 그리 생각하느니라, 확실히 아마기리 아야토가 이렇게 아무것도 못 하고 끝날 것 같지는 않구나…. 그렇다고 후유카가 실수를 저지르지도 않을 테고. 그야…."

싱루는 그렇게 말하고더니 기쁜 듯이 눈을 가느다랗게 뜨고 어깨를 들썩였다.

"저 녀석은 아직… 진짜 비술을 보여주지 않았으니까."

[맹공에 맹공, 거기서 또 맹공! 우메노코지 선수와 두 식신의 격렬하면서도 물 흐르듯 부드러운 연계가 아마기리 아야토 선

수를 몰아세웁니다!]

[언제 끝나도 이상하지 않은 상황인데 잘 버티는걸. 아무 피해도 없는 건 아니지만 전부 최소한의 대미지로 받아내고 있어…. 역시 '무라쿠모'라고 말해야겠네.]

실제로 아야토는 궁지에 몰려 있었다.

위악은 조금도 쉬지 않고 강력한 공격을 연속으로 퍼붓고 있다. '흑로의 마검'으로 무기를 파괴해도 금세 다른 무기로 교체하는 데다, 창이든 검이든 도끼든 전부 달인의 경지라고 말하기에 부족함이 없었다.

위권은 격한 근접전투를 펼치는 아야토와 위악에게서 일정한 거리를 유지하며, 새카만 화살을 연사하고 있다. 위악과는 그야말로 완벽한 호흡이라 아야토로서는 최악의 타이밍… 위악으로서는 절호의 타이밍에 화살이 날아오는 탓에 상대하기 너무 힘들다. 그리고 무엇보다 위권의 저주가 지금도 여전히 아야토를 괴롭히고 있다.

후유카가 사용하는 부적도 지긋지긋하게 아야토의 빈틈을 공략한다. 때로는 뇌격, 때로는 폭격, 때로는 새로운 식신을 소환해 직접 공격하게 하는 등 패턴도 다양해 예상하기 힘들었다.

이런 세 종류의 공격을 계속해서 상대하는 건 힘들어서, 아무래도 대미지를 각오하고 몸으로 받아내는 수밖에 없다.

"하아… 하아…!"

성진력을 집중시켜 막아낸 덕분에 아직 깊은 상처는 없지만, 교복은 엉망으로 찢어지고 타박상이나 창상은 셀 수도 없었다.

숨이 차지만, 당연히 그런다고 상대방이 사정을 봐주는 일도 없다.

"쳇!"

위악이 휘두르는 창을 뒤로 뛰어 피하면서, 그것을 노리고 쏜 위권의 화살을 공중에서 떨어뜨렸다. 후유카가 던진 세 장의 부적이 새로 변신해, 착지한 아야토를 공격했지만, 그중 두 마리는 어찌어찌 손날로 쳐냈다. 하지만 마지막 한 마리가 날카로운 부리로 옆구리를 찔러, 그 고통에 아야토는 저도 모르게 얼굴을 찡그렸다. 상처가 얕다지만 계속 쌓이면 무시할 수 없다.

'그건 그렇고, 이렇게까지 파고들 틈이 없을 줄이야….'

연계공격이라 해도, 언제나 모두가 최적의 행동만을 이어갈 수는 없다. 상황이 길어지면 아무리 연습을 많이 했더라도 어딘가에서 어긋남이 생겨나기 마련이다. 그건 '사취성무제'를 경험한 아야토도 잘 안다. 최고 수준의 팀워크를 자랑하던 팀 랜슬롯조차 실수가 전혀 없는 연계공격을 계속할 수는 없었다. 어쩌면 인간을 초월한 연산능력을 지닌 의형체 알디와 림시라면 가능할지도 모르지만, 그래도 실전에서 여러 인간이 뒤얽힌 상황은 축차 수정이 필요해지니 역시 현실적이진 않다.

그런데도 위악과 위권은 마치 둘이서 하나의 생물인 것처럼 완전히 동조해서 행동하고 있다. 후유카의 서포트는 거기에 편승하는 정도에 불과하고 본질적으로는 덤일 뿐이다. 아야토가 어떻게든 막아낼 수 있는 건 아마기리 신명류의 지각확충기술인 '식'의 경지와, 받아내기만 해도 상대의 무기를 파괴하는 '흑로의 마검'이라는 압도적인 어드밴티지 덕분이리라.

조금이라도 틈이 보이면 그걸 비집고 들어가 억지로라도 돌파하려 했지만, 아무래도 위악과 위권을 상대로 그 가능성은 한없이 낮아 보였다. 그렇다면 억지로라도 빈틈을 만들 수밖에 없는데, 이대로는 그러기 위한 시간조차 주어지지 않을 것 같다.

"후우…."

어쩔 수 없다.

그렇다면 아야토도 두 번째 비장의 수를 쓰는 수밖에.

아야토는 조금도 약해질 기미가 없는 맹공을 받아내며 '식'의 경지의 정밀도를 조절했다. 멀어질수록 얕게, 가까워질수록 짙게, 그리고 의식을 거기에 녹여….

"아마기리 신명류 검술 극전 제이. '와자오기'."

"으음…?"

갑자기 우두커니 서서 검을 아래로 내린 아야토를 위악이 이상하다는 눈빛으로 바라보았지만, 그래도 역시 멈추지 않고 창으로 찌르기를 날렸다.

아야토는 거기에 대응해 반쯤 반사적으로 몸이 움직이는 걸 느끼고 있었다. 딱 반걸음 물러나 위악의 공격을 피하고, 곧바로 날아오는 위권의 화살 또한 상체만 살짝 젖혀 회피한다. 후유카의 부적은 발동하기도 진에 '흑로의 마검'을 휘둘러 한 번에 떨어뜨려 버렸다.

[응? 아마기리 아야토의 움직임이 변했는데…?]

해설을 맡은 자하룰라가 놀란 말투로 그렇게 말했다.

역시 '시의 밀주' 관리인은 보통이 아니다. 한 번 본 것만으로 알아차린 듯하다.

그렇다면 당연히 실제로 상대하고 있는 위악과 위권도 깨달았을 것이다.

"흠…!"

"이건….."

공격을 이어가는 위악과 위권의 표정이 더욱 심각해졌다.

하지만 지금의 아야토에게는 스치지도 않았다. 위악의 창도, 위권의 화살도, 후유카의 부적도 전부 허공에서 춤출 뿐이었다.

[이, 이건 대체 어떻게 된 일일까요! 이제까지 아마기리 선수를 완전히 궁지에 몰아넣었던 우메노코지 선수측의 공격이 갑

자기 전혀 맞지 않게 되었습니다!]

[두 식신의 공격은 정확성이 전혀 떨어지지 않았어. 아까보다도 아마기리 선수의 반응이 빨라졌을 뿐이지. 하지만 이건… **아무리 그래도 너무 빠른데.**]

어안이 벙벙한 듯한 자하룰라의 목소리.

그것도 무리가 아니다. 아마기리 신명류 검술 극전 제일 '츠고모리'가 완전한 후(後)의 선(先)을 이루는 기술이었다면, 이 '와자오기'는 완전한 호신(護身)을 이루는 기술이다. 지금 아야토의 몸은 농담을 조절한 '식'의 경지와 의식이 동조되어, 반쯤 자동적으로 모든 공격에 반응해 회피행동을 취하고 있다. 공격을 완전히 포기하는 대신 생각보다 빠르게 움직이는 몸은 상대의 공격이 아야토의 반응속도보다 위에 있지 않는 한 잡을 수 없다.

하루카의 말에 따르면, '와자오기'란 몸짓과 손짓으로 신을 몸에 깃들게 한다는 의미라고 한다. 지금의 아야토는 그 이름이 뜻하는 대로, 그야말로 신의 속도에 달하는 영역에 있었다.

"어머나, 우아하기도 하지. 꼭 춤추는 것 같네. 하지만 도망만 쳐서는 이길 수 없잖아? 아니면 내구전으로 가려고?"

후유카는 가느다란 눈을 살짝 뜨더니, 두 손에 수많은 부적을 들었다.

"후후, 어느 쪽이든 상관없어. 공격할 생각이 없다면 나도 이

틈에 준비를 끝마쳐야지."

그 직후, 거대한 마법진이 펼쳐지더니 이형의 식신들이 무수히 나타났다. 예선에서 본 백귀야행이다. 전부 그다지 강력한 식신이 아니라는 건 한 눈에 알 수 있었다. 수로 밀어붙이는 작전인 듯했다.

하지만 아야토도 그건 예상하고 있었다.

'와자오기'를 쓰는 한 아야토가 지는 일은 없지만, 방어 일변도인 만큼 상대를 쓰러뜨릴 수는 없다. 원래는 전장에서 살아남기 위한 기술이어서 이러한 시합… 하물며 개인전에는 맞지 않는다는 건 원래부터 알고 있었다.

아야토는 그저 시간이 필요했을 뿐이다.

이제까지처럼 성진력을 무턱대고 쏟아붓는 게 아니라, 섬세하게 조정해서 완전히 자신이 바라는 형태로 다루는 유성투기를 쓰기 위해.

"하아아아아아아아아아!"

아야토는 고함을 지르며 '와자오기'를 해제하더니, 폭발적으로 빛이 강해진 '흑로의 마검'을 휘둘렀다.

"헉?!"

"크윽…!"

위악과 위권이 경악으로 눈을 크게 뜨면서 곧바로 피하려 했지만, 이미 늦었다.

아야토의 성진력으로 도신은 과려만응현상을 일으켜 크게 부풀어올랐지만, 이제까지처럼 단순히 거대해지기만 한 건 아니다. 예리하고 부드럽고, 필요 이상으로 비대해지지 않고, 그러면서도 강인한, 아마 과거의 유성투기였다면 위악과 위권에게는 통하지 않았을 것이다. 간단히 회피당하는 건 물론이고, 빈틈을 노린 반격에 당해 패배했을 가능성까지 있다.

　하지만 '흑로의 마검'을 최적화하는 데에 성공한 지금의 아야토는 유성투기도 마찬가지로 최적화할 수 있을 것이다. 다만 그러려면 그에 걸맞은 시간이 필요하기에, 그 시간을 벌려는 목적으로 '와자오기'를 썼던 것이다.

　"크읔…!"

　"쳇!"

　바람을 가르며 번쩍인 '흑로의 마검'은 위악의 왼팔과 위권의 활을 두 동강 내고, 지금 후유카가 불러낸 식신들 대부분을 날려버렸다.

　그리고 아야토는 기회를 놓치지 않고, 원래의 크기로 되돌린 '흑로의 마검'을 들고 단숨에 돌진했다. 빽빽하게 솟은 무기 사이를 누비며 노리는 건 물론 후유카 본인이었다.

　위악과 위권이 곧바로 그 진로를 막으려 움직였지만, 아야토가 조금 더 빨랐다.

　"어머나… 이건 큰일이네."

벽으로 쓸 생각인지, 후유카는 남은 백귀야행의 식신을 전부 자기 근처로 불러들였다.

저주와 다리의 부상으로 만전은 아니라지만, 이 정도 식신이라면 걸림돌이 되지 않는다. '흑로의 마검'이라면 전부 쓸어버리는 것조차 가능하리라.

'이겼다…!'

아야토는 깊이 파고들면서, 찌르기로 후유카의 가슴에 달린 교표를 노렸다.

하지만.

"…'식부혼교'."

후유카가 고개를 숙이고 그렇게 중얼거린 순간에, 방대한 만응소가 물결치고 불러들인 식신들이 **후유카의 몸으로 빨려 들어갔다.**

"어…?!"

다음 순간, 후유카는 믿기 힘든 재빠른 움직임으로 아야토의 찌르기를 피하더니 그 도신을 맨손으로 붙들었다.

아야토가 '흑로의 마검'을 쥔 손에 아무리 힘을 줘도 꿈쩍도 하지 않았다. 믿기 힘들지만, 아야토와 동등한 완력이었다.

하지만 고열의 도신을 맨손으로 쥐면 살점이 타버리는 건 피할 수 없을 텐데도, 후유카는 안색 하나 바꾸지 않고 거기서 더 접근했다. 맨손이 유리한 간격에서, 후유카의 왼팔이 아야토의 오른팔로 가만히 뻗어왔다.

'이건 곤란해…!'

아야토는 '흑로의 마검'을 곧바로 놓고 도망치듯 뒤로 뛰었다.

아마 그러지 않았다면 오른손이 부러졌을 것이다.

"후우…. 서로 위험한 순간이었는걸."

후유카는 천천히 말하더니 도신을 붙들고 있던 '흑로의 마검'을 휙 내던졌다.

'흑로의 마검'은 허공에서 빙글빙글 돌다가 그대로 스테이지 위에 꽂혔다.

"…곤란한데. 설마 근접전투에서 밀릴 거라는 생각은 못 했어."

그렇게 말하면서도 아야토는 위악과 위권을 눈으로 쫓았다.

위악은 잘려나간 오른팔을 태연하게 다시 붙이고 있었다. 위권은 후유카가 던진 '흑로의 마검'을 지키려는 듯이 이동하고 있다. 역시 빈틈이 없다.

"그야 나도 지에롱의 일원이니 이 정도 소양은 기본 아니겠어…? 후후후! …라는 건 거짓말이야. 아무리 그래도 내가 힘으로든 기술로든 그쪽이랑 맞붙을 수 있을 리가 없지."

후유카는 입가를 가리고 웃었다.

"그렇다면 지금 건…?"

"고생 끝에 부활시킨 우메노코지 가의 비술인데, 이름은 '식부혼교'라고 하거든. 식신의 힘을 한데 모아 더욱 강력한 힘으로 바꾸는 술인데……. 어때, 썩 괜찮지?"

그런 거였구나.

그때 불러들인 식신은 벽으로 삼기 위해서가 아니라 술법에 쓰기 위한 것, 다시 말해 촉매였던 깃이리라.

"하지만 이걸로는 안 되겠네, 아직 힘 조절이 어려워서…. 이런 꼴이 되어버렸지 뭐야."

후유카는 소매를 걷어 자신의 오른손을 보여주었다. '흑로의 마검'의 도신을 잡은 손바닥은 보기에 안쓰러울 정도로 그을리고 짓물렀다. 게다가 손목이 축 늘어져 있었다. 부러진 듯했다.

"워낙 갑작스럽게 실시한 데다 식신의 양이 너무 많았나 봐. 사람의 몸으로는 견디기 힘들었나 보네."

그래도 후유카는 여전히 웃는 얼굴이었다. 대체 이 여유는 어디서 오는 걸까.

하지만 그렇다면.

"그럼 마음대로 쓸 수는 없겠네."

아야토는 그렇게 말하며 근처에 꽂혀 있던 일본도를 뽑았다. 후유카가 위악에게 쓰라고 잔뜩 뿌려둔 것인데, 고맙게 써줘야겠다.

"후후, 꼭 그런 것만은 아냐. 사람의 몸이라고 했잖아? 그렇다면 거기에 견딜 수 있는 강한 몸을 가진 상대에게 쓰면 되니까."

"헉!"

후유카가 그렇게 말하기 전에, 위악이 아야토에게 덤벼들었다.

위악이 내리친 창이 지면에 구멍을 내고, 이어서 목을 꿰뚫을 기세로 날린 찌르기를 일본도로 받아냈다.

"자, 이제 슬슬 끝을 봐야겠어."

그러자 후유카가 불러낸 수많은 식신들이 차례로 위악에게 빨려들어가더니 순식간에 몸이 부풀어 올랐다. 위악의 창을 어떻게든 받아내어 버티던 아야토였지만, 힘이 강해지자 점점 밀리기 시작했다.

"크윽…!"

당하기 직전에 굴러서 탈출해 다시 위악을 보니, 그 체구는 이미 5미터를 훌쩍 넘겼다.

"이건…."

그 몸에서 뿜어져 나오는 위압감은 이제까지와 차원이 다른 수준이었다.

"아직 끝나지 않았어. 이제부터가 진짜인걸. 쓸 수 있는 수는 다 써야겠어. …위권."

"알겠습니다."

공손하게 대답한 위권이 훌쩍 날더니 위악 앞에 섰다.

"설마…?!"

그리고 그 네 개의 팔로 가만히 위악을 만진다 싶더니, 다음 순간에는 빨려 들어가듯 모습이 사라졌다.

"으으으으으으으으으으으으으으으!"

고막을 찢을 듯한 외침이 공기를 진동시키며, 그 거대한 몸이 더욱… 아니, 그 이상으로 팽창했다. 이마에서 뿔이 하나 더 나고 어깨에서는 팔 두 개가 부풀어 오르듯 새로 자라나, 이제 위악의 몸은 10미터에 가까워졌다.

떨어져 있는데도 압도적이고 중후한 힘이 확실하게 전해져 왔다.

[이, 이럴 수가! 우메노코지 선수의 식신이 합체하더니 거대화했습니다~! 괜찮을까요? 이거 괜찮은 거겠죠?!]

[…뭐, 룰로 따지면 괜찮지 않을까? 확답은 못 하겠지만.]

"후우…. 자, 이게 진짜로 우메노코지 최강의 식신이야. 쓰러뜨릴 수 있다면 얼마든지, 그래, 얼마든지 마음껏 쓰러뜨리도록 해."

이제는 얼굴에 피로감이 강하게 드러났지만, 그래도 여전히 후유카는 웃고 있었다.

아야토는 일단 '흑로의 마검'을 회수하기 위해 달렸지만, 다음 순간에는 이미 위악이 눈앞에 있었다. 손에는 무기가 없고,

네 개의 팔은 전부 주먹을 쥐고 있었다.

'저 몸으로 이렇게까지 빠르다니…!'

본능적으로 몸이 움직여, 두 팔을 교차해 방어자세를 취했다.

"크어어어어어어어어어어어!"

위악의 통나무 같은 팔에 얻어맞은 아야토는 고무공처럼 스테이지를 데굴데굴 굴렀다. 후유카가 부적으로 만들어내 스테이지에 잔뜩 꽂혀 있던 무기가 우수수 쓰러지고, 쓰러지며 사라졌다.

"크으으으으으윽!"

성진력을 집중해 막았는데도 뼈가 삐걱거리고 내장이 찌부러지는 듯한 충격이 느껴졌다.

아야토는 곧바로 일어나 자세를 가다듬으려 했지만, 그때 위악의 거대한 몸이 날아왔다.

짓밟히기 직전에 간발의 차이로 피하고, 어느새 부러져 버린 일본도를 버리고 근처에 있던 창을 뽑았다.

"그르르르…!"

위악은 세 개의 눈으로 아야토를 노려보면서 위협하듯 목을 울렸다.

아까와 달리 이성을 잃어버린 것처럼 보이지만, 실제로는 아니라는 걸 금세 알 수 있었다. 예전과 마찬가지로… 아니, 예전보다도 더 빈틈이 없다. 게다가 힘과 속도도 완전히 아야토보다 위에 있다.

'적어도 '흑로의 마검'이라도 있다면….'

흘끔 시선을 주니, '흑로의 마검'은 위악보다 한참 뒤에 있었다.

애초에 위악이 그렇게 순순히 회수하게 놔두지 않으리라.

"으으으으으으으으으으으!"

위악이 울부짖으며 한 호흡 만에 거리를 좁혔다.

네 개의 팔이 날리는 공격을 빠져 지나가는 건 너무 힘든 일이었다. 세 번째 공격까지는 간신히 피했지만 네 번째 팔의 손등 공격에 맞아 아야토는 다시 날아갔다.

스테이지에 내동댕이쳐지기 전에 낙법을 취하고, 충격으로 몽롱해진 머리를 가볍게 흔들어 추가타를 날리려는 위악에게 맞섰다. 이 위악 상대로는 설령 '와자오기'를 써도 오래 버틸 수 있을 것 같지 않고, 시간을 번다 해도 흐름을 뒤집을 방법이 없다면 무의미한 행동이다.

"아마기리 신명류 창술, '미쿠모바치'!"

혼신의 삼단 찌르기.

하지만 위악의 팔에 상처 하나 내지 못하고 창이 부러질 뿐이었다.

"아…."

한순간의 빈틈.

위악은 그것을 놓치지 않고 아야토의 몸을 차올렸다.

그리고 공중에 뜬 아야토를 깍지 낀 두 손으로 강하게 내리찍었다.

"커헉…!"

이런 공격에는 낙법을 할 방법이 없다.

크레이터가 생길 정도의 충격에 피를 토하며, 멀어지는 의식을 필사적으로 붙들었다. 가까스로 상반신을 일으켰지만 온몸이 비명을 질러 도저히 곧바로 움직일 수 없었다.

"오오오오오오오오오오오오오오!"

흐려진 시야로 위악의 거대한 몸이 보였다.

아야토에게 결정타를 날리려 천천히 주먹을 들어올리는 걸 알 수 있었다.

'이거… 이젠 어떻게 할 수가 없겠는데….'

그때였다.

몽롱한 아야토의 의식에 뭔가가 닿았다.

말로 표현하긴 힘든 분명한 의사 표현. 몇 번쯤 경험한 적이 있다. 처음에는 '봉황성무제'에서 이레네와… '패궤의 혈겸'과 대치했을 때.

최근에는 하루카와 특훈했을 때.

그렇다. 그래서 금세 알 수 있었다. 이것은 '흑로의 마검'의

86

의지다.

한편으로는 이상하기도 했다.

지금 '흑로의 마검'은 아야토의 손에 없다. 그런데도 예전보다도 이어져 있다는 느낌은 훨씬 더 강하게 들었다.

'흑로의 마검'은 화내고 있었다.

이유는 모르겠다. 사용자인 아야토가 꼴사납기 때문일까.

생각해보면 '흑로의 마검'은 언제나 그랬다. 불만, 불쾌, 분노, 짜증. 그런 감정들뿐. 애초에 처음 '흑로의 마검'과 만났을 때도….

그 순간에 아야토는 퍼뜩 깨달았다. '흑로의 마검'이 뭘 전하려 하고 있는지.

그런가.

그런 거였나.

확실히 지금의 아야토라면….

"ㅋㅇㅇㅇㅇㅇㅇㅇㅇㅇㅇㅇㅇ."

"…와라."

아야토가 그렇게 중얼거린 순간, 내리치기 직전이었던 위악의 팔이 불타 끊어졌다.

기세 좋게 허공을 날아 아야토의 손으로 돌아온 '흑로의 마검'에 의해.

[이, 이이이이이이, 이럴 수가! 아마기리 아야토 선수의 핀

치, 드디어 결판이 나겠다고 생각한 그 순간에! '흑로의 마검'
이 갑자기 혼자서 움직인다 싶더니 우메노코지 선수의 식신의
팔을 그대로 잘라내어 버렸습니다!]

"후우…. 덕분에 위기를 넘겼어, '흑로의 마검'."

아야토는 비틀거리며 몸을 일으켜, 열기를 뿜으며 아야토의
눈앞으로 다가온 '흑로의 마검'에게 인사했다.

별것 아니다. 처음에 아야토가 '흑로의 마검'과 만났던 적합
률 검사 때에도 '흑로의 마검'은 그야말로 지금처럼 혼자 움직
여 종횡무진으로 날뛰었으니까. 그렇다면 지금도 똑같은 일을
할 수 있을 것이다.

그리고 지금이라면 아야토는 그런 '흑로의 마검'을 훨씬 능
숙하게 다룰 수 있다.

"그오오오오오오오!"

한편 위악은 잘려나간 팔을 나머지 세 개의 팔로 주워들어,
아까처럼 이어붙이고 있었다. 전설에 등장하는 오니는 목이 떨
어져도 다시 붙었다고 하는데, 이렇게 보니 정말로 대단하다.

하지만 아야토는 위악의 목을 떨어뜨릴 필요는 없다. 시합에
이길 수 있다면 그걸로 만족이다.

"…좋아, 갈까."

아야토의 말에 응하듯, '흑로의 마검'이 강하게 떨었다.

허공을 날아 위악를 베려 드는 '흑로의 마검'을 뒤따르듯, 아

야토도 달렸다.

"으으으으으으!"

'흑로의 마검'은 아야토가 생각하는 대로 자유자재로 움직이며 위악을 공격했다.

'과연… 황식원격유도무장을 쓴다는 건 이런 느낌인가.'

검사인 아야토에게는 이상한 감각이었지만, 다행히도 가까이에 애스터리스크 유수의 황식원격유도무장 사용자가 있기에 어떤 식으로 쓰는 게 제일 성가신지, 그 움직임은 체감으로 잘 안다.

위악은 계속해서 맴도는 '흑로의 마검'에 확실하게 곤혹스러워하고 있었다. 위악의 지금 체격으로는 '흑로의 마검'은 나뭇가지나 다름없겠지만, 그것을 쳐서 떨어뜨리려 하면 자신의 손이 잘려나가게 된다.

그래도 위악은 잘 피하고 있었다. 몸을 숙이고, 때로는 검날의 배를 때려 쳐냈다. 거의 360도 전방위에서 공격하는 데다 방어조차 불가능한 검을 이렇게까지 상대하는 것만으로도 위악의 경이로운 스펙을 실감할 수 있었다.

하지만… 그건 어디까지나 아야토를 빼고 생각할 때의 이야기다.

이미 아야토는 위악의 발밑까지 다가와 있었다.

"아마기리 신명류 격투술… '무시쿠즈시'."

그 철탑 같은 다리를 노리고 전력을 다해 장타를 때려 넣었다. 지금의 위악에게 이런 공격이 대미지를 주지는 못할 것이다. 원래 '무시쿠즈시'는 힘의 흐름을 흐트러뜨려 상대의 자세를 무너뜨리는 아마기리 신명류 격투술의 기본기다. 날아다니는 '흑로의 마검' 때문에 상체의 균형이 흐트러진 상태에서 하반신을 무너뜨린다면….

"그오오오오오오오오오오오오오!"

아무리 큰 몸, 아무리 강인한 체구여도 쓰러지지 않을 수 없다.

그에 더해.

"아마기리 신명류 검술 오전, '슈라즈키'!"

아야토는 '흑로의 마검'을 만지지도 않고, 원격조작으로 아마기리 신명류의 기술을 썼다.

엄청난 속도로 질주하는 '흑로의 마검'은 휘청거리는 몸을 지지하려 뻗은 위악의 네 개의 팔을 한 번에 잘라버렸다.

"크아아아아아아아아아아아아아아아악!"

위악의 거대한 몸이 흙먼지를 일으키며 스테이지 위에 벌러덩 쓰러졌다.

아야토는 그 가슴팍으로 뛰어올라가, 손안에 돌아온 '흑로의 마검'을 쥐고 위악의 눈앞에 들이댔다.

"크오오오오오오오오…!"

세 개의 눈을 희번덕거리며 위악이 아야토를 노려보았지만, 이래서야 뒤집을 방법이 없다.

"자, 승부는 난 것 같은데…. 어떻게 생각해?"

아야토는 그렇게 말하고 후유카를 보았다.

후유카는 가느다란 눈을 뜨고 여전히 웃는 얼굴로 아야토의 시선을 가만히 마주 보았지만, 결국 곤란한 듯이 그 표정을 쓴 웃음으로 바꾸었다.

"…하아. 그러게, 여기엔 두 손 들었어. 항복이야, 항복."

한숨을 쉬더니, 마지막까지 우아한 동작으로 두 손을 들었다.

[우메노코지 후유카, 시합 포기.]

[…시합 종료! 승자, 아마기리 아야토!]

기계음성이 승패를 알리고 커다란 환성이 쏟아지는 가운데, 아야토는 '흑로의 마검'을 빙글 돌려 그 코어를 가만히 쓰다듬었다.

"고맙다, '흑로의 마검'."

이번에는 '흑로의 마검'의 힘이 없었더라면 무슨 수를 써도 이길 수 없는 상대였다.

하지만 '흑로의 마검'은 이번에는 모르는 척 아무 응답도 하지 않았다. 마치 이 정도는 당연하다는 듯이.

　"…그런 면은 여전하구나."

　그 태도에 도무지 솔직해지지 못하는 누군가가 떠올라, 아야토는 기쁜 듯 슬픈 듯 복잡한 기분이 들었다.

　다음에 싸울 상대가 바로 그녀이기 때문이다.

제3장

준준결승 제2시합

비 내리는 어느 날, 우르슬라 스벤드가 실비아가 사는 마을에 온 건 실비아가 갓 9살이 되었을 때쯤이었다.

우르슬라는 마을 외곽의 숲에 텐트를 치고 거기서 잠시 머물렀다고 한다. 마을 주민들은 갑자기 나타난 이방인을 경계했지만, 그래도 강제로 쫓아내지는 않았다. 선량한 사람들이었기 때문이다. 하지만 한편으로 겁도 많았기에 적극적으로 교류하려 하지도 않았다.

단 한 명, 실비아를 제외하고.

"안녕. 괜찮으면 커피라도 한잔할래?"

"……!"

실비아는 길게 자란 풀 사이를 몸을 낮추고 살금살금 이동해 바위에 숨어 가만히 상황을 지켜보려 했지만, 우르슬라는 전부 간파하고 있다는 듯이 웃는 얼굴로 말을 걸었다.

깜짝 놀란 실비아는 몸을 움츠린 채로 주뼛거리며 주위를 살피다가, 5분 정도를 어떻게 할지 고민한 끝에 조심스럽게 바위에서 얼굴을 살짝 내밀었다.

"…어, 어떻게 알았어? 내가 여기에 있다는 걸."

"음… 냄새, 일까?"

"앗…!"

내가 그렇게 냄새가 나나? 하고 실비아는 킁킁거리며 허둥지둥 자신의 팔이나 옷의 냄새를 맡아보았다. 오늘은 조금이라도 움직이기 편하도록 평소에 잘 입지 않는 바지를 입었는데, 내내 옷상자 속에 처박혀 있던 옷이라는 게 역시 문제였을지도 모른다.

"픕… 아하하하! 미안해, 농담이야, 농담!"

하지만 실비아의 반응을 본 우르슬라는 웃음을 터뜨리며 그렇게 말했다.

"뭐…!"

자신을 놀렸다는 걸 알고 실비아는 새빨개진 얼굴로 뺨을 뾰로통하게 부풀렸지만, 그런 실비아에게 우르슬라는 금속컵을 내밀었다.

"나는 귀가 꽤 밝은 편이거든. 풀을 헤치는 소리, 모래를 밟는 소리, 그리고 네 숨소리까지 전부 다 듣고 있었어."

실비아는 어떻게 할지 망설였지만, 우르슬라가 전혀 손을 거둘 낌새가 없기에 어쩔 수 없이 다가가서 그것을 받았다. 살짝 핥듯이 입을 대자 놀랄 만큼 달았다. 우유와 설탕이 잔뜩 들어간 따뜻한 커피였다.

그제야 겨우 주위를 관찰할 여유가 생겼다.

뒤쪽에 있는 텐트는 그렇게까지 크지 않아, 어른 둘이 들어가면 꽉 차는 정도였다. 아직 해가 높이 떠 있는데도 모닥불이 활활 타고 있다. 그 옆에서 우르슬라는 의자가 아니라 작은 바위에 걸터앉아 있었다. 잘 보니 실비아가 든 금속컵도 사용한지 꽤 오래된 물건이었다.

"아, 너는 전에 처마 밑을 내줬던 아이구나?"

우르슬라가 그런 실비아를 뚫어져라 보다가 손뼉을 마주쳤다.

그렇다. 며칠 전에 우르슬라는 비를 피하려 실비아의 집 처마를 빌린 적이 있다. 실비아기 우르슬라의 얼굴을 본 건 커튼을 열고 엿본 아주 짧은 시간뿐이었지만, 기억에 선명하게 남아 있었다.

"그땐 고마웠어. 아직 텐트도 못 쳐둔 상황이었거든."

그렇게 말하며 상쾌하게 웃는 우르슬라의 얼굴은 명암이 짙어 어른스러움이 느껴졌지만, 그래도 생각보다 훨씬 젊어보였다. 아직 10대 중반쯤 되었으려나. 조금 칙칙한 물빛 머리카락을 엉성하게 묶고, 복장도 티셔츠에 쇼트팬츠라서 꾸민 느낌은 거의 없다. 화장도 하지 않은 듯했다.

"나는 우르슬라. 아가씨 이름은?"

"…실비아. 실비아 류네하임."

"흐음, 좋은 이름인걸. 아, 여기에 쿠키도 있어."

우르슬라는 그렇게 말하고 이번에는 옆에 놓아둔 작은 종이봉투를 내밀었다. 안에는 첨가물이 없는 심플한 쿠키가 들어있고, 하나 먹어보니 단 커피와 잘 어울렸다.

"저기… 우르슬라는 어디에서 왔어?"

"어디에서…? 음~ 일단 태어난 곳은 여기보다 훨씬 북쪽이지만 꽤 오래 이곳저곳 여행했으니 그 질문에는 대답하기가 곤란한걸. 서쪽이든 동쪽이든 남쪽이든, 마음 가는 곳으로 다니는 편이거든."

"여행이라니… 내내 혼자서?"

"그래. 마음 내키는 대로 가는 혼자만의 여행이야."

우르슬라는 쾌활하게 대답했지만 실비아는 도저히 믿기 힘들었다.

"위, 위험하지 않아…?"

실비아는 이 마을에서 나가본 적이 없으니 바깥 세상은 잘 모르지만, 그래도 여자아이 혼자서 여행하는 게 얼마나 위험한지는 쉽게 상상할 수 있었다.

"그야 위험한 일에 말려든 적이 없다면 거짓말이겠지만, 나는 이래 봬도 '성맥세대'거든."

"아… 역시 그랬구나."

실은 처음 보았을 때부터, 어쩐지 그럴 것 같다고 짐작하고 있었다.

확신하지 못했던 건 실비아가 자신 이외의 '성맥세대'를 본 적이 없었기 때문이다.

"실비아, 너도 그렇지?"

"…응."

딱히 자랑스러운 일도 아니기에, 자연스럽게 대답하는 목소리도 작아졌다.

"흐음…."

우르슬라는 그런 실비아를 보고, 화제를 바꾸려 짝 하고 손뼉을 쳤다.

"그럼 실비아, 슬슬 왜 왔는지 물어봐도 될까?"

"어…?"

"나한테 뭔가 볼일이 있어서 여기에 온 거잖아?"

그 직설적인 질문에 실비아는 한순간 시선을 피하며 입을 우물거렸다.

확실히 실비아가 우르슬라를 찾아온 데에는 목적이 있다.

그것은….

"노, 노래가…."

"응?"

"다, 당신이 불렀던 노래가… 정말로, 으음… 머, 멋져서…!"

간신히 그 말을 쥐어짜내자 우르슬라는 놀란 표정으로 눈을 뻐끔거렸다.

"아~ 고마워…. 아하하, 몸 둘 바를 모르겠네."

그리고 처음으로 그 나이의 소녀다운 수줍은 미소를 지었다.

겸연쩍은 표정으로 뺨을 붉적이는 우르슬라를 보고, 실비아도 우르슬라에게 친근감을 느꼈다.

"비를 피하면서 불렀던 노래는 무슨 곡이야?"

매사에 소극적이고 겁이 많은 실비아가 용기를 내서 여기까지 온 건, 비 오는 날에 들었던 우르슬라의 노래를 잊지 못했기 때문이다.

"음… 미안해, 기억이 잘 안 나는데."

하지만 정작 실비아는 곤란한 표정으로 그렇게 말했다.

"어?"

"나는 무의식중에 노래를 흥얼거리는 경우가 많거든. 그래서 스스로도 일일이 기억하지는 못해서…. 미안해."

"뭐야…."

어깨를 축 늘어뜨리는 실비아.

그 그리우면서도 격렬한 멜로디. 가슴이 두근거리고 마음이 떨리던 그 맑은 선율.

그걸 다시 듣고 싶어서 여기까지 왔는데.

"으으…."

실비아는 도저히 포기하지 못하고 크게 숨을 들이마시더니 기억을 더듬으며 입을 열었다.

"……."

가사는 조금밖에 기억하지 못하니 멜로디만 재현하기로 했다.

"……앗!"

그 순간, 우르슬라가 굳어 눈만 휘둥그레 떴다.

역시 노래를 못 하나 보다.

아무튼 실비아는 이제까지 노래라는 걸 불러본 적이 거의 없으니까.

노래를 접할 기회 자체가 교회에서 부르는 찬송가 정도뿐이었다.

그래도 실비아는 이 방법밖에 떠오르지 않았다.

"…확실히 이런 노래였다고 기억하는데…. 모, 모르겠어?"

실비아가 노래를 끝내고 조심스럽게 묻자, 넋이 나간 표정을 짓던 우르슬라가 쓴웃음을 지으며 작게 신음했다.

"와아…. 이거 놀랐는걸."

"……?"

"아아, 아무것도 아냐. 미안해, 역시 기억이 안 나."

"그렇구나…."

그 대답에 실비아는 실망한 표정으로 고개를 끄덕였다. 분명 실비아의 노래 실력이 별로라 그런 거다.

"그보다 실비아, 너는 '마녀'구나."

"…'마녀'라니, 내가?"

갑자기 그런 소리를 하기에 실비아는 당황했다.

'성맥세대' 중에 만응소와 감응해 신비로운 힘을 쓰는 사람이 있다는 얘기는 실비아도 들어서 안다. 하지만 자신이 그런 사람이라는 생각은 도저히 들지 않았다. 착각한 게 아닐까?

"지금 네가 노래할 때 주위의 만응소가 반응한 걸 깨닫지 못했니?"

고개를 가로로 세차게 흔들었다.

일단 노래하는 데에만 집중하느라 도저히 그런 걸 신경 쓸 여유가 없었다.

"흠, 아직 자각이 없다…기보다는 능력 자체가 각성하지 않았나 보네."

우르슬라는 뭔가 고민하는 듯하더니, 상냥하고도 진지한 표정을 짓고 실비아의 눈을 가만히 바라보았다.

"왜, 왜 그래…?"

"실비아, 너만 괜찮다면 내가 노래를 가르쳐줄까?"

"뭐?!"

생각도 하지 못한 그 말에 실비아는 저도 모르게 뒷걸음질쳤다.

"따, 딱히 내가 노래를 부르고 싶은 건…."

정말로, 그저 한 번 더 그 노래를 듣고 싶었을 뿐이다.

"뭐, 억지로 가르치겠다는 건 아니야. 하지만… 할 수 있는 게 많아서 곤란할 건 없다고 생각하거든. 예를 들면 나는 나름대로 싸움에 자신이 있으니까 이렇게 혼자서 여행할 수도 있고, 노래를 부를 수 있었기 때문에 이렇게 너랑 만난 거잖아?"

"할 수 있는 일…."

그런 말을 듣고, 실비아는 자신이 뭘 할 수 있는지 생각해보았다.

언제나 혼자 방에 틀어박혀 책을 읽고, 부모님이랑 같이 예배를 드리러 가고… 집안일이라면 조금은 할 수 있지만, 실비아만 할 수 있는 일이란 건 전혀 없다.

"네 목소리는 정말로 예뻐서 사람의 마음을 감동하게 하는 뭔가가 있어. 내가 보기에, 분명 멋진 노래를 부를 수 있을 거야."

"…정말로?"

그런 말은 처음 들었기에, 실비아는 우르슬라의 눈을 뚫어지라 바라보았다.

"그래, 당연히 정말이지. 어쩌면… 너는 나중에 대단한 뮤지션이 될지도 모르겠어."

그건 역시 너무 허황한 소리라고 생각했지만, 우르슬라의 진지한 말은 겁 많은 실비아의 마음을 확실히 움직였다.

"아, 알았어…! 우르슬라, 나한테 노래를 가르쳐줘…!"

우르슬라가 마을에 머무른 짧은 여름 동안에, 실비아는 매일같이 그녀를 만나 노래 말고도 다양한 것들을 배웠다. 좁은 마을 안에서만 살던 실비아로서는 우르슬라가 말해주는 넓은 세계의 이야기가 너무나 매력적이라서 작은 가슴을 흥분시켰다.

"언젠가 나도 우르슬라처럼 여행을 떠나고 싶어."

실비아가 그렇게 말한 걸 계기로 우르슬라는 몸을 지키는 방법도 알려주었다. 황식무장 다루는 법이나 성진력 쓰는 법, 몸을 움직이는 법과 단련하는 법. 우르슬라와 함께 보낸 시간은 두 달도 채 되지 않았지만, 분명히 실비아의 인생에서 가장 농밀한 시간이었다고 할 수 있었나.

우르슬라가 다시 여행하러 마을을 떠난 후에도, 둘은 휴대단말기로 연락을 주고받으며 많은 이야기를 나누었다. 실비아가 '마녀'로서 각성했을 때도 적확한 조언을 해준 사람이 바로 우르슬라였다.

실비아 또한 스스로 배우고 단련해, 그런 경험을 쌓아나가며 성장했다.

겁쟁이에 매사에 소극적이던 아이는 어느새 쾌활하고 적극적인 소녀로 변해 있었다.

그런 날들이 몇 년이나 계속된 어느 날.

"실은 이번에 애스터리스크에 오라는 제안을 받았거든. 응, 맞아. 스카우트지. 정처 없이 떠돌아다니는 나를 용케 찾아냈다 싶어. 뭐, 어차피 나도 그 도시에는 한 번 가보고 싶었으니까."

그 대화를 마지막으로 우르슬라와의 연락은 끊겼다.

실비아 나름대로 찾아보려 노력은 해보았지만 아무리 성장했다 해도, 그리고 아무리 '마녀'라 해도 어차피 일개 시골뜨기 소녀가 할 수 있는 일에는 한계가 있다.

그때 나타난 사람이 바로 퀸벨 여학원의 이사장, 페트라 키비레프트였다.

＊

"…애초에 기억나지 않는다는 것부터가 거짓말이었지만."

스테이지로 이어지는 통로를 나아가며, 실비아는 그렇게 혼잣말했다.

이제 와서 생각해보면 그때 실비아가 읊조린 멜로디는 적어도 기억 속의 그것과 조합해본 바로는 그다지 틀리지 않았다.

그리고 퀸벨에 입학한 이후, 동서고금의 가창 데이터베이스를 철저하게 뒤져 보았지만 그 비 내리는 날에 우르슬라가 부른 곡은 아직까지 찾지 못했다. 그건 기존에 있던 곡이 아니라 아마 우르슬라의 자작곡이라는 뜻이다.

"어째서 그런 거짓말을 했는지는 모르겠지만, 나는 아직도 포기하지 않았거든."

다시 한번 그 노래를 듣고 싶다.

다시 한번 그녀와 만나고 싶다.

생각해보면 실비아가 애스터리스크에 온 목적이 바로 그것이다.

그 후로 실비아는 자신이 할 수 있는 일에 전력을 다했고, 그러다 보니 어느새 세계의 가희로 불리게 되었다. 서열 1위가 되고, 학생회장이 되고, 소중한 친구나 귀여운 후배들이 생기고, 처음으로 진지하게 좋아하는 사람까지 생겼다.

그리고 쓰러뜨리고 싶은 상대도.

전부 우르슬라 덕분이다.

그렇기에 지금은 순성황식무장에 영혼을 사로잡힌 우르슬라에게 들려주고 싶다.

예전에 그녀가 한 말처럼, 정말로 대단한 뮤지션이 된 지금 실비아의 노래를.

[드디어 등장! 동쪽 게이트에서 나타난 사람은 바로 세계의 가희, 세계 최고의 톱 아이돌, 퀸벨 여학원 서열 1위이자 저번 '왕룡성무제'의 준우승자! '전율의 마녀' 실비아 류네하임이야!]

크리스티 보드앙의 열띤 해설을 들으며, 실비아는 천천히 스테이지로 이어지는 브리지를 걸었다.

눈부신 조명, 열광적인 관중과 거대한 환호성, 자신에게 집중된 수많은 시선, 실비아는 그 모든 것에 익숙하지만 지금 스테이지에 서 있는 상대방 선수의 모습만은 몇 번을 봐도 등줄기에 식은땀이 흐른다.

오펠리아 란드루펜.

레볼프 흑학원의 서열 1위이자 '왕룡성무제' 2회 연속 우승에 빛나는 절대최강자.

저번 '왕룡성무제' 결승전에서 실비아를 꺾은 '고독의 마녀'.

"영차."

실비아는 브리지에서 뛰어내려 오펠리아 앞에 화려하게 착지했다.

"오랜만이야, 오펠리아."

"……."

실비아의 인사에도 오펠리아는 전혀 반응이 없었다.

언제나 그렇듯 공허하고 슬픈 표정에, 몸동작은 밤의 어둠처럼 깊고 고요했다.

"하아, 여전히 쌀쌀맞구나."

그렇게 말하고 실비아가 어쩔 수 없이 정해진 위치로 향하려 했을 때.

"실비아 류네하임."

갑자기 오펠리아가 말을 걸었다.

실비아가 돌아보자 오펠리아는 냉기가 느껴질 정도로 차가운, 그러면서도 우울함이 가득 담긴 목소리로 말을 이었다.

"예전에 싸웠을 때, 나를 이기지는 못하더라도 너의 운명은 확실히 강했어. 오늘 네가 그걸 어디까지 발전시켰는지… 기대하고 있어."

"호오… 뭐야, 그쪽도 의욕이 넘치잖아?"

그러고 보면 5회전에서 오펠리아는 일시적이기는 해도 이제껏 처음 보는 궁지에 몰려 있었다. 끝나고 보니 역시나 압승이었지만, 시합 도중에 그녀답지 않게 분노에 가까운 감정까지 표출한 그 모습은 인상에 강하게 남았다. 어쩌면 그 열기가 아직까지 남아 있는 건지도 모른다.

아니, 어쩌면….

[자, 3년 만의 리벤지 매치! 과연 승리를 손에 넣는 쪽은 절대최강자인가, 아니면 세계의 가희인가! 드디어 시작 시간이 되었다고오~!]

실비아와 오펠리아는 서로 가만히 노려보고 있었지만, 크리스티의 목소리가 들리자 시선을 피하고 걸음을 옮겼다.

실비아와 오펠리아가 각각 총검형 순성황식무장 폴크방과 순성황식무장 '패궤의 혈겸'을 기동시키고 정해진 위치에 선 순간.

['왕룡성무제' 준준결승 제2시합, 시합 시작!]

결전이 시작되었다.

"공허한 마음은 차갑게 차갑게~ 모든 것을 삼키고 녹이고 뒤섞어~ 검게 검게 밤하늘에 빛나네~"

개막하자마자 땅을 뒤흔드는 실비아의 중저음이 스테이지에 울려 퍼졌다. 주위의 만음소가 일렁이며 소용돌이쳤다.

"검은 별의 깜빡임은~ 모든 것을 남김없이 끌어들여~ 깊이 깊이 떨어지네~"

[나왔다! 노래로 모든 효과를 컨트롤하는 만능의 '마녀' 실비아가 선사하는 첫 곡! …인데, 어라? 어째 평소에 부르는 곡이랑 분위기가 다르네? 묘하게 어둡다고 할까, 조금 으스스하다고 할까….]

[확실히 류네하임 선수가 시합에서 부르는 곡은 굳이 나누자면 화려하고 힘찬 곡이 많은데. 거기에 비하면 이 곡은… 오히려 가극에 나올 듯한 느낌이야.]

방송과 마찬가지로 관객들도 웅성거리는 걸 알 수 있었다.

실제로도 실비아가 전투를 할 때 이렇게 템포가 느리고 음역이 낮은 곡을 쓰는 경우는 거의 없다. 그것은 잘하고 서투르고의 문제가 아니라(실제로 가희로서의 실비아는 음역이나 곡조를 가리지 않고 모든 장르의 곡을 부른다), 단순히 전장에서의 분위기와 어울리지 않기 때문이다. 실비아의 능력은 섬세하기 때문에 노래에 집중하지 못하거나 음정을 틀리는 실수를 하면 곧바로 효과가 약해진다. 물론 필요하다면 그 정도는 노력으로 극복할 수 있는 범위 안에 있다.

그야말로 지금처럼.

"먼지가 되어라."

물론 오펠리아도 잠자코 이쪽이 준비를 다 갖추도록 기다려 주는 건 아니다. 아니다. 강자든 약자든 상관하지 않고 무자비하고 평등하게 묻어버리는 것이 그녀의 방식이다. 그녀의 발밑에서 피어오르는 장기(瘴氣)가 거대한 망자의 팔로 변해, 실비아를 짓누르려 움직이기 시작했다.

실비아는 백스텝으로 공격을 피했지만 오펠리아의 발밑에서 이미 두 번째, 세 번째 팔이 검은 모습을 드러내고 있었다.

"축퇴성은 저 멀리서~ 영원히 오 영원히~ 포로가 되어 버렸네!"

하지만 그 팔이 실비아의 다리를 붙들기 직전에 능력이 발동했다.

실비아 주위에 칠흑의 구체가 출현한다 싶더니, 오펠리아의 장기를 말아올리듯 빨아들여 소멸시켰다.

[저, 저게 대체 뭐지~! 실비아 주위에 느닷없이 검은 구체가 나타나 오펠리아의 독을 빨아들였어~!]

[이건 대단하네. 꼭 소형 블랙홀 같아.]

실비아는 일단 그 검은 구체(실비아는 허성이라는 이름을 붙였다)를 다양한 크기로 열 개 정도 불러내어 자신을 지키듯 전개했다. 큰 것은 지름 1미터 정도, 작은 것은 주먹 크기다.

저번 싸움에서는 바람의 결계를 써서 오펠리아의 능력에 대항하려 했지만 결국 힘에서 밀렸다는 쓰디쓴 경험이 있다. 모든 것을 빨아들여 소멸시키는 허성은 그 시합을 반성하고 복기하며 오펠리아에 대항하기 위해 준비한 카드 중 하나다.

오펠리아와 싸울 때 수비적인 자세를 취한다면 그대로 아무 것도 못 하고 밀리다가 짓밟혀 끝난다. 물론 독에는 대비해야 하지만, 그렇다고 방어에만 리소스를 전부 쓰면 시간이 지나면서 열세에 몰려 패배하는 결과를 벗어날 수 없다.

하지만 이 허성이라면….

"가라!"

실비아는 작은 허성 세 개를 탄환처럼 쏘았다.

그러면서 공격하는 거대한 장기의 팔을 방어용 허성으로 빨아들였다.

"……."

오펠리아는 별거 아니라는 듯이 최소한의 움직임으로 회피했지만, 실비아가 조작하자 허성은 호를 그리며 궤도를 바꿔 끈질기게 맴돌았다. 그중 하나는 눈처럼 하얀 오펠리아의 머리카락을 스치고 스테이지를 파내더니 다시 그녀를 노려 날아갔다. 이 허성에 삼켜진 것이 어디로 사라졌는지는 실비아 자신도 모른다.

그리고 실비아는 그 틈에 다음 곡을 부르기 시작했다.

"우리는 벽을 부순다~ 한계 너머에 있는 경계를 넘어~ 상처를 무시하고~ 달려라~ 달려라~"

신체 능력을 강화하는 실비아의 대표곡이다.

단순하지만 격렬한 리듬과 함께, 몸속 깊은 곳에서 힘이 솟아나는 게 느껴졌다.

오펠리아에게 접근전으로 승부를 내려면, 이것 없는 힘들다.

"…성가신걸."

그리고 오펠리아는 들고 있던 '패궤의 혈검'을 휘둘러, 따라다니는 허성을 단번에 쪼개어 버렸다.

'에고고…. 역시 그렇게 나오는구나.'

모든 것을 삼켜버린다지만, 허성도 어디까지나 '마녀'의 능력이 만들어낸 것이다. 역시 순성황식무장 상대로는 무력한 모양이다.

"후우…."

오펠리아는 그대로 나른한 한숨을 내뱉더니 '패궤의 혈검'을 고쳐 들었다.

그러자 이번에는 그 주위에 중력구가 출현했다. 생긴 건 실비아의 허성과 비슷하지만 직격한 대상을 무조건적으로 찌부러뜨리는 고중력의 덩어리다.

그 수는….

'어어…. 잠깐, 이건 좀….'

백 개가 넘는 중력구가 계속해서 나타나는 모습에 실비아는 저도 모르게 마음속으로 그렇게 중얼거렸다. 예전 사용자인 이레네 우르사이스도 같은 기술을 썼지만, 그건 동생인 프리실라가 피를 보급해준 덕이다. 그런 보급도 없이 이렇게까지 '패궤의 혈겸'을 잘 다룰 줄이야.

"…가라."

아까의 보답이라는 듯이 무수한 중력구가 실비아를 향해 날아왔다.

'으아아…!'

이렇게 되면 실비아로서는 피하는 수밖에 없다. 이 중력구도 순성황식무장의 출력으로 만들어진 존재니 허성으로는 방어할 수 없기 때문이다.

스테이지를 달리고, 점프하고, 가끔은 슬라이딩하며 비처럼 쏟아지는 중력구를 정신없이 피했다. 신체강화를 하지 않았다면 과연 이럴 수 있었을까.

"눈깜짝할 새에 너를 만나러 갈게~ 하늘도 별도 은하까지도 뛰어넘어서~"

그러면서도 잊지 않고 다음 노래를 깔아둔다. 아이돌이라는 정체성에 어울리는 팝하고 밝고 경쾌한 곡이다.

간신히 중력구를 다 피했다고 생각한 순간에, 갑자기 실비아의 몸이 지면으로 짓눌렸다. 보라색으로 빛나는 '패궤의 혈겸'

이 일대의 중력을 높인 듯했다.

"네가, 원한다면…! 가시덩굴로 가로막힌 성의 깊은 곳까지
~　찰나의 시간도 기다리게 하지 않고~"

짓눌린 순간에는 실비아도 한순간 음정이 어긋났지만, 그래
도 간신히 끊기지 않고 노래를 불렀다.

'이거, 당했네…. 이리면 조금 효과가 약해질지도…. 아니,
그런 생각 할 때가 아니네!'

오펠리아를 확인하니 다시 중력구를 대량으로 전개하더니
지면에 쓰러진 실비아를 노리고 그것들을 조준했다.

[큰일이다아! 이래서야 실비아는 회피도 방어도 못 한다고!]

[주위를 전부 고중력으로 짓누르고 있으니까, 조금 움직이는
정도로는 효과 범위에서 벗어나지 못하는 것 같아. 어쩌면 빨
리 승부가 날지도 모르겠는걸.]

오펠리아가 무자비하게 '패궤의 혈겸'을 휘두르자 중력구가
일제히 발사되었다.

하지만.

[아얏?!]

[어?!]

다음 순간에, 실비아는 오펠리아의 등 뒤에 서 있었다.

"큭!"

곧바로 기척을 느꼈는지 오펠리아가 돌아보면서 '패궤의 혈

겸'을 휘둘렀지만, 실비아는 그 일격을 피하며 폴크방의 날을 휘둘렀다. 목표는 당연히 상대의 가슴에 있는 교표다.

하지만 실비아가 날린 참격은 직전에 오펠리아의 왼손에 가로막혔다. 무진장한 성진력을 가진 오펠리아이기에 가능한 맨손 방어다.

'크으~! 제대로 밀착하지 못했구나!'

실비아는 이를 갈면서 뒤로 뛰어 간격을 벌었다.

오펠리아의 발밑에서 피어오르는 장기에 자칫 붙들릴 뻔했기 때문이다.

[뭐, 뭐지, 뭐지?! 대체 뭐가 어떻게 되고 있는 거야! 실비아는 방금까지만 해도 분명히 저쪽에….]

[설마 저건….]

"…공간 전이."

실황의 말을 이어받듯 오펠리아가 가만히 중얼거렸다.

그렇다. 이것이 오펠리아에 대비한 두 번째 카드인 공간 전이, 알기 쉽게 말하자면 순간이동이다.

지금 실비아는 자신이 지각할 수 있는 범위 내라면 모든 장애물을 무시하고 한순간에 이동할 수 있다. 이번에는 노래하다가 음정이 어긋나는 바람에 정해둔 좌표에서 조금 어긋나 버렸지만, 그게 아니라면 아까의 공격으로 시합을 끝냈을지도 모른다.

'…아니, 그건 너무 희망적인 생각인가. 오펠리아의 반응속도는 어딘지 이상하다 싶을 정도로 빨랐으니까.'

오펠리아는 예전에 순간이동 능력자와 싸운 경험이 있으니 곧바로 대응한 이유도 아마 거기에 있을 것이다. 물론 그걸 감안해도 충분히 경이로운 반응속도지만.

[대단하다, 진짜 대단해! 설마 했던 순간이동이라니! 아직까지도 숨겨둔 기술이 있다니, 역시 실비아는 대단해!]

[만능의 '마녀'인 류네하임 선수의 진가가 발휘되는 순간이네. 반면에 란드루펜 선수가 독이라는 능력에 특화된 '마녀'라는 걸 생각하면 만능형 VS 특화형 '마녀'의 정상결전이라는 느낌도 들고 말야.]

만능. 확실히 실비아의 능력은 그렇게 불린다.

노래로 모든 것을 이룰 수 있는 '마녀'라고.

그건 아마 그날, 우르슬라가 해준 말이 실비아의 마음에 강하게 새겨졌기에 그런 능력으로 발현되었을 것이다.

할 수 있는 게 많아서 곤란할 건 없다.

정말 그 말대로다.

"자, 그럼 다음 곡을 시작해 볼까."

실비아는 오펠리아의 움직임을 경계하며 크게 숨을 들이마셨다.

"무엇과도 바꿀 수 없는 친구~   운명에 사로잡힌 그대를

~　나는 반드시 구해내겠소~"

용맹하게, 소리 높여.

오펠리아를 상대하기 위해 준비한 세 신곡 중 마지막 곡.

"높은 벽도~　숨겨진 문도~　견고한 창살도~"

그리고 이 노래에는 실비아의 가장 소중한 친구를 생각하는 마음이 담겨있기도 했다.

"부수고 말겠어~　꿰뚫고 말겠어~　내 전부를 걸고~"

심플하고 직접적인, 나쁘게 말하면 단순하고 진부한 가사. 그렇기에 효과도 대단히 알기 쉬웠다.

공격력 강화.

오른손에 든 폴크방의 칼날 주위에서 대량의 만응소가 소용돌이치며 더욱 강하게 빛났다.

현재 폴크방의 파괴력은 순성황식무장만큼은 아니어도 비슷한 수준까지 올라왔다. 이만큼의 만응소를 한 점에 집중시켜 강화시키고 있으니 당연한 일이다. 그만큼 성진력 소모가 심하지만, 덕분에 준비는 다 갖춰졌다.

"…불쾌한 노래인걸."

그때 갑자기 오펠리아가 그녀답지 않게 짜증이 담긴 목소리를 냈다.

고개를 숙인 탓에 얼굴에 그늘이 져서 표정은 엿볼 수 없었다.

단, 몸에 감도는 분위기가 아까와 미묘하게 달라졌다는 느낌도 들었다.

"사라져라."

얼굴을 든 오펠리아가 날카로운 눈빛으로 실비아를 노려보며 '패궤의 혈겸'을 휘두르자, 중력구가 주위를 꽉 채울 기세로 출현했다.

"너와 함께한~ 그리운 시간을~ 나는 되찾고야 말겠어~"

노래를 이어가는 실비아를 쫓아오는 중력구의 수는 분명히 아까보다 많지만, 조준은 훨씬 엉성했다.

실비아는 회피하면서 타이밍을 재서 다시 오펠리아의 등 뒤로 전이했다.

"같은 수를…."

오펠리아는 예상하고 있었다는 듯이 곧바로 장기의 팔로 공격했다.

물론 실비아도 수를 읽고 있었던 건 마찬가지다. 그래서 다시 한번, 이번에는 오펠리아의 머리 위로 전이했다.

"…큭!"

여기에는 오펠리아의 반응도 한 순간 늦어, 실비아가 낙하하면서 내리친 일격이 성진력의 방어를 꿰뚫고 어깨를 살짝 베어냈다.

'좋아, 통했다…!'

지금의 폴크방이라면 오펠리아의 방어를 깰 수 있다는 것을 확인했다. 이거라면 충분히 승산이 있다.

[오오오오오오오~! 드디어어어~! 실비아의 일격이 처음으로 오펠리아에게 상처를 냈다아!]

[정말 대단한데! 란드루펜 선수가 부상을 입은 건 이번 대회 처음이 아닌가!]

"열고야 말겠어~   무너뜨리고야 말겠어~   네 손을 잡기 위해서~"

실비아는 두 번째 후렴구를 부르며 방심하지 않고 공간 전이로 거리를 두었다.

"정말로… 귀에 거슬리는 노래야…!"

오펠리아는 그렇게 말하며 뭔가를 참듯 왼손으로 얼굴을 덮었다.

그대로 수십 개나 되는 장기의 팔로 실비아를 공격했지만, 이것도 중력구처럼 움직임이 단조로워서 허성으로 쉽게 막을 수 있었다.

'역시 오펠리아의 움직임이 엉성한데…?'

지금의 오펠리아는 어딘가가 이상하다.

그렇다면 이건 천재일우의 기회다.

실비아는 폴크방을 쥔 손에 힘을 꽉 주었다.

*

'성무제' 기간의 애스터리스크에선 시내의 광장 여기저기에서 대형 공간 스크린이 전개되어 리얼타임으로 시합 중계가 펼쳐진다. 퍼블링 뷰잉이라는 행사다.

'성무제' 티켓은 진부 입수하기 힘들지만 특히 본선 이후의 시합은 터무니없는 가격으로 거래되고 있다. 게다가 이번 '왕룡성무제'는 '성무제' 사상 최고의 흥행이라는 말도 나오고 있으니 현재진형형으로 가격이 치솟고 있다. 티켓 자체가 엄청나게 귀하다. 부유층이라면 모를까, 일반 서민은 기적을 믿고 추첨에 응모하는 걸 제외하면, 이렇게 중계 영상을 보는 수밖에 없다.

그래도 그 소녀는 이렇게 애스터리스크에 서서 중계를 본다는 사실만으로도 충분히 행복했다. 같은 영상을 보더라도 집 텔레비전으로 보는 것과는 임장감이 다르다는 기분이 든다.

바로 지금, 여기서 고작 수백 미터 떨어진 곳에서 진짜 실비아 류네하임이 싸움을 벌이고 있다. 그런 생각만으로도 소녀는 자연스레 흥분했다. 회장에 못 들어간다는 걸 알면서도 이 시기에 애스터리스크에 온 많은 관광객들도, 지금 소녀 주위에서 주먹을 치켜들고 소리 높여 응원하고 매도하고 열광하는 사람들도 같은 마음일 것이다.

소녀는 실비아의 팬이었다. 처음에는 그 노랫소리에, 그리고 금세 씩씩하게 싸우는 모습에 매료되었다.

　'성맥세대'인 이 소녀도 장래에 퀸벨에 입학하고 싶다는 생각을 하고 있다. 그렇기에 부모님은 장래를 생각하는 의미에서 이번에 애스터리스크에 가족 여행을 오기로 결정해 주셨다. 참고로 그 부모님도 실비아의 팬이고 지금도 소녀 옆에서 열렬한 응원을 보내고 있다.

　'아아, 역시 실비아는 대단해…!'

　소녀는 아직도 시합의 흐름을 읽는 법을 잘 모르지만, 그래도 실비아가 그 오펠리아 란드루펜을 상대로 우위를 점하고 있다는 건 안다. 사상 최강의 '마녀'라고까지 불리는 저 절대강자를 실비아가 쓰러뜨리게 될지도 모른다는 생각만으로, 소녀도 응원하는 목소리에 한층 힘이 들어갔다.

　그나저나, 지금 실비아가 부르는 곡은 너무 좋다.

　실비아의 노래는 전부 기라성 같은 명곡들이지만, 이번 신곡에서는 실비아의 마음이 더욱 강하게 전해지는 기분이다. 뜨겁고 흔들림이 없는, 그리고 올곧은 마음.

　그때 소녀는 문득 깨달았다.

　열광하는 주위 사람들과 섞이지 않고, 소녀 뒤에 어느 로브 차림의 여자가 가만히 서 있다는 사실을.

　그녀는 공간 스크린을 올려다보며 눈물을 흘리고 있었다.

"저, 저기… 괜찮으신가요?"

소녀는 주뼛거리며 말을 걸고 손수건을 건넸다.

자신과 마찬가지로 실비아의 팬이 감격에 겨운 것이라고 생각했는데, 그러기엔 조금 분위기가 이상하다. 여자가 그저 무표정하게 눈물만 흘리고 있었기 때문이다.

"이건…?"

여자는 손수건과 그것을 내민 소녀를 번갈아 보더니, 이상하다는 듯이 고개를 갸웃거렸다.

"어? 그, 그게… 울고 계셔서…."

소녀의 말을 들은 여자는 놀란 듯이 자신의 뺨에 손을 대고, 그제야 눈물을 흘리고 있었다는 걸 깨달은 듯했다.

"내가 눈물을…? 그럴 리가, 이 몸의 의식은 완전히 잠들어 있을 텐데…."

소녀는 여자가 무슨 말을 하는지 알 수 없었지만, 그 로브 안쪽에서 슬쩍 보이는 커다란 목걸이가 묘하게 인상적이었다. 그 기계적인 디자인의 목걸이는 어딘지 으스스한….

그때 주위 관객들의 목소리가 갑자기 높아졌다.

소녀가 황급히 공간 스크린으로 눈을 돌려보니, 아무래도 시합 상황이 급변한 듯했다.

그리고 소녀가 다시 고개를 돌렸을 때, 로브 차림의 여자는 이미 그 자리에서 사라지고 없었다.

*

[와오! 진짜냐, 믿어도 되냐! 이건 어쩌면! 어쩌면! 어쩌며어언! 드디어! 드디어! 드디어어어! 그 오펠리아가! '고독의 마녀'가! 사상 최강의 절대제왕이 패배하는 순간이 오는 건가아아아~!]

[란드루펜 선수는 순간이동에 잘 대응하고 있지만 공격을 받기만 하는 입장이 되었어. 류네하임 선수의 공격이 란드루펜 선수의 방어를 돌파할 수 있게 되었으니 어떻게든 공격으로 전환해서 태세를 정비하고 싶겠지만, 그럴 틈이 전혀 없어. 이건… 조금 힘들어 보이는데.]

말할 필요조차 없다. 실비아는 공격을 늦출 생각도 없고 당연히 반격할 틈을 줄 생각도 전혀 없다. 조금씩이어도 좋으니 공간 전이를 반복하면서 철저한 히트 앤드 어웨이로 오펠리아의 체력을 깎아낸다.

체력. 그렇다, 실비아는 바로 그걸 노리고 있다.

"후우…."

몸을 젖혀 실비아가 뻗은 날을 회피한 오펠리아가 크게 한숨을 내쉬었다.

사실 실비아의 공격이 오펠리아에게 상처를 입힌 건 첫 일격

뿐이다. 그 후로 오펠리아는 전부 잘 회피하고 있지만 점점 숨이 가빠지고 있다.

힐다와 싸우면서 오펠리아가 노출한 가장 큰 약점은 바로 전투지속 능력이다. 오펠리아의 몸이 너무나 강대한 자신의 능력에 침식당하고 있다는 얘기는 예전부터 자주 들렸지만, 실제로 그 부분을 공략하는 데에 성공한 자는 아무도 없었다. 오펠리아가 일단 공세로 전환하면 누구도 그걸 막아낼 수가 없었기 때문이다. 거의 동등한 능력을 가지고 있었다고 평가받는 힐다조차 마찬가지였다.

하지만 지금 오펠리아는 컨디션이 좋지 않다. 장기의 팔은 허성으로 대응할 수 있고, 중력구는 조준이 엉성하다.

이대로 조금만 더 하면 폴크방의 날이 교표를 깨든가 혹은 자신의 힘 때문에 자멸할 것이다.

하지만 실비아도 일이 그렇게 간단히 풀리지는 않으리라는 걸 잘 안다.

"확실히… 확실히 네 운명은 강대해. 그건 인정하겠어. 하지만, 하지만… 역시 마음에 안 들어. 아아, 어째서… 대체 왜 그 노래는 이렇게 내 마음을 어지럽히는 거지…?"

오펠리아가, 체념과 비탄으로 가득 찬 표정 말고는 거의 감정을 드러낸 적이 없었던 그 오펠리아가 실비아를 노려보았다.

"…좋아. 그렇다면 전부 다 잠기게 만들겠어."

오펠리아는 불쾌하다는 듯이 내뱉더니 손에 든 '패궤의 혈겸'을 지면에 꽂았다. 그녀의 손에서 '패궤의 혈겸'으로 성진력이 흘러들어가는 게 느껴졌다.

힐다 전에서 보여준 그 장기의 거목으로 숲을 만드는 기술을 쓸 생각이겠지.

'기회다…!'

실비아는 이 기회를 호시탐탐 노리고 있었다. 이 상황에서 흐름을 바꾸려면 큰 기술에 의지하는 수밖에 없기 때문이다.

하지만 순성황식무장의 출력에 자신의 능력을 더해 장기의 숲을 만드는 그 기술은 약간이기는 하지만 발동에 시간이 걸린다.

실비아는 폴크방을 사격 모드로 전환하고 곧바로 유성투기를 발사했다. 물 흐르는 듯한 그 동작은 오펠리아의 행동보다 조금 더 빨랐다.

"크…윽!"

실비아의 노래로 파괴력을 강화하고, 거기에다 유성투기까지 더해 위력을 배가시킨 광탄. 오펠리아는 '패궤의 혈겸'으로 간신히 막아냈지만, 충격을 버티지 못했는지 '패궤의 혈겸'은 손에서 튕겨나가 허공을 날았다.

"잡았다…!"

공격력 강화용 노래를 끝까지 부른 실비아는 얼마 남지 않은 성진력을 남김없이 쏟아부으며 공간 전이를 실시했다.

오펠리아의 전후좌우, 다섯 군데를 순식간에 연속으로 전이하며 교란한다.

"······!"

오펠리아에게는 마치 실비아가 분신을 쓴 것처럼 보였으리라.

그리고.

"하아아아아아아아아압!"

실비아는 대담하게도 마지막 전이좌표를 오펠리아의 눈앞, 밀착한 위치로 골랐다.

그녀는 다시 폴크방을 참격 모드로 바꿔, 혼신의 힘을 다해 오펠리아의 가슴에 찌르기를 날렸다.

"윽…!"

저번 '왕룡성무제' 결승전에서, 실비아는 오펠리아를 교표 파손 직전까지 몰고 갔다. 그때 실비아가 발한 광탄은 한쪽 손에 가로막혀 버렸지만.

그리고 이번에 실비아가 찌르는 날을 오펠리아는 두 손을 겹쳐 막으려 했다.

하지만 강화된 폴크방의 광인은 성진력으로 강화된 그 두 손을 보란 듯이 관통했다.

'이겼다…!'

실비아는 승리를 확신했다. 이 정도로 깊이 꿰뚫었다면 당연히 그 너머에 있는 교표까지 날이 닿았을 것이다.

하지만 기계음성은 시합 종료를 알리지 않았다.

"후후…. 후후후…."
오펠리아가 어둡게 웃었다.
등골이 오싹할 정도로 자학적이고 차가운 울림이었다.
"설마… 나한테 이런 부분이 남아 있을 거라고는 생각 못 했어."
그 두 손에서 새빨간 피가 흘러넘쳐, 그것이 닿은 지면을 질척하게 녹였다.
그 광경을 보고 실비아도 이해했다.
확실히 실비아의 공격은 오펠리아의 두 손을 꿰뚫었다. 그건 분명하다.
다만 오펠리아의 피가 폴크방의 광인까지 녹여버렸을 뿐이다.
아니, 그 정도가 아니다.
오펠리아의 독혈은 광인뿐 아니라 폴크방의 본체까지 천천히 잠식해, 실비아는 황급히 손에서 놓고 도망치듯 간격을 두었다.
"아니…. 뭐야, 그런 게 말이 돼…? 그렌델의 어머니도 아니고….”

옛 서사시에 나오는 괴물의 어머니, 물의 마녀가 바로 오펠리아처럼 독성의 피를 가져 그 목을 벤 검이 녹아버렸다는 전승이 있는데, 마치 그걸 재현한 모습 같다.

“하여간, 내 운명은 어디까지…. 아니, 그만하자. 소용없는 소리니까.”

오펠리아는 어느새 평소의 목소리로 돌아와 있었다.

슬픔과 체념과 절망으로.

“그래…. 나는 결국 이 저주받은 피처럼 살아가는 수밖에 없어. 그래, 응, 그래, 이렇게 피를 흘리다니 정말로 오랜만이야. 하지만, 네 덕분에 기억해냈어, 실비아 류네하임.”

“전부터 생각한 건데…. 너무 스스로를 우습게 여기는 건 너한테 진 사람들한테 실례니까 자제하는 게 좋다고 봐.”

실비아는 가벼운 말투로 말하면서, 예비품인 검형 황식무장을 전개시켰다. 이미 성진력은 거의 남지 않았지만, 다행히도 노래의 효과는 전부 남아 있다.

‘아직 싸울 수 있어…!’

실비아는 결의를 새롭게 다지고 황식무장을 들었다.

“내 피는 명부로 이어지는 일곱 문…. 그 문을 열었으니 이젠 절대로 돌이킬 수 없어.”

한편 오펠리아는 바닥에 내팽개쳐진 ‘패궤의 혈검’은 쳐다보지도 않고, 발밑에 고인 피에 오른손을 가져다댔다. 상처에서는 여전히 피가 흘러나왔지만, 이윽고 거기서 반투명의 새하얀 '뭔가'가 솟아 나왔다.

그 '뭔가'는 공중으로 날아 오펠리아 주위를 맴돌았다. 일견 사람 같기도 했는데, 가장 비슷한 존재라면 괴담에 나오는 망령일 것이다. 이윽고 오펠리아의 고인 피에서 하나둘씩 나타난 망령들은 제멋대로 스테이지 위를 날아다니기 시작했다.

"이건⋯."

"하나만 알려줄게. 저들은 지극히 짙은 장기가 낳은 망령들이야. 닿는 것만으로 모든 존재의 생명을 빼앗아 버리지."

"⋯⋯! 그 말은⋯."

오펠리아는 담담히 대답했다.

"죽는다는 뜻이야."

아무래도 농담이 아닌 듯했다.

이미 허공을 날아다니는 망령들은 셀 수 없을 정도로 많은데, 핏속에선 아직도 새로운 망령들이 나타난다. 아니 증식속도는 오히려 더 빨라지고 하늘을 나는 망령들도 점점 가속되고 있다.

실비아는 자신에게 날아오는 망령들을 허성으로 막아보려 노력했지만, 궤도를 읽을 수 없는 데다 수도 너무 많다.

'이대로는⋯.'

"명부여, 현현하라."

어딘지 장엄하게까지 느껴지는 숙연한 목소리로 오펠리아가 말한 순간에, 핏속에서 폭발적으로 망령이 분출되었다.

"뭐…?! 여기서 더 늘어난다고…?!"

이미 스테이지는 망령들이 폭풍처럼 휘몰아치는 이계로 변해 있다.

실비아는 공간 전이와 허성을 구사해 어떻게든 버티려 해봤지만, 이미 그 정도로 감당할 수준이 아니었다. 배후에서 은밀히 다가온 망령 하나가 스르륵 실비아의 몸을 빠져나갔다.

"으으…!"

그 순간, 실비아는 마치 찬물이 끼얹어진 듯한 오한과 함께 자신의 심장이 한 번 뛰고 곧바로 정지하는 것을 느꼈다. 의식이 암흑으로 뒤덮이고, 몸에서 힘이 완전히 빠져나갔다.

천천히 스테이지로 쓰러지는 실비아가 마지막으로 본 건, 망령들을 이끌고서 자신을 내려다보는 오펠리아의 붉은 두 눈이었다.

*

"…커헉! 콜록, 콜록!"

격하게 콜록거리며 눈을 뜬 실비아는, 자신의 얼굴을 덮은

호흡기를 떼면서 몸을 벌떡 일으켰다.

"일찍 정신을 차렸군요, 실비아."

옆에는 어딘지 안심한 듯한 페트라가 있었다.

"여긴…?"

주위를 둘러보니 의료기기와 도구, 페트라와 함께 치료원의 치료 스태프가 대기하고 있고 실비아는 들것 위에 누워 있었다. 즉, 아무래도 구급차 안에 있는 듯했다.

"당신은 심정지를 일으켰지만, 곧바로 의료진이 소생술을 행했습니다. 지금은 꼼꼼하게 검사하기 위해 치료원으로 가고 있어요."

페트라의 설명을 듣고 실비아는 대충 사태를 파악했다.

"그렇구나…. 또 졌나보네. 아쉽다아~"

신기하게도 죽음 직전까지 갔다는 공포는 그다지 없다. 회장에 대기하는 치료원 스태프는 대단히 우수하니 오펠리아도 심정지를 일으키더라도 곧바로 소생한다고 알고 있었을 것이다.

"목숨이 붙어 있는 것만으로 다행이라고 생각하세요. 당신이 쓰러졌을 때는 제 심장도 멈추는 줄 알았다고요."

"아하하…. 미안해, 페트라 씨. 걱정 끼쳐서."

실비아가 그렇게 말하고 가볍게 사과하자, 페트라는 바이저 너머로 날카로운 눈을 빛내며 얼굴을 바라보았다.

"잘 들으세요, 실비아. 이런 행동은 다시는 허락하지 않겠어요. 다음부터는 목숨의 위기를 느끼면 곧바로 기권할 것. 아시겠지요?"

"네에~"

원래는 이래저래 하고 싶은 말이 있지만, 지금은 얌전히 굴기로 했다.

"하아….."

그런 실비아를 보고 페트라는 관자놀이를 짚었다.

"음, 그런데 강하더라… 오펠리아는. 응, 정말로 강해."

그렇게 말하며 실비아는 주먹을 불끈 쥐었다.

이쪽이 준비한 카드가 전부 실패하고 완패했지만, 역시 분한 건 분한 거다. 두 번째로 맛보는 감각이다. 저번 '왕룡성무제' 결승전에서 패배했을 때… 아니, 이번에는 그때보다도 더 분하다.

"…아, 맞다. 당신한테 맡아둔 전언이 있어요."

고개를 숙인 실비아를 보기 안쓰러웠는지, 페트라가 위로하듯 그런 말을 했다.

"어? 혹시 아야토 군?"

"그쪽이라면 휴대단말기에 연락이 몇 번이나 와 있을 테니 나중에 확인해 보세요."

"에이~ 그럼 누군데?"

"네이트네페르예요."

생각지도 못한 이름이 나와서 실비아는 눈을 깜빡거렸다. 퀸벨 서열 2위인 네이트네페르는 오펠리아에 대한 도전장을 걸고 5회전에서 맞붙은 상대다.

아무래도 실비아를 그다지 좋아하지 않는 듯하지만, 오펠리아와 시합하는 건 봐 주겠다고 말했으니 그 얘기를 하려는 것이겠지.

"'적어도 네 노래는 그 녀석의 마음에 작은 물결을 일으켰다. 긍지를 가져라'라고 하더군요."

"…와오."

따끔한 말이 날아올 거라고 각오했는데, 이건 예상 밖이다.

"그녀 나름대로 당신을 인정해 준 것이겠지요."

"그렇다면 좋겠지만."

그렇게 말하며 실비아는 가볍게 미소를 지었다.

패배한 건 분하다.

분하지만 결코 그게 전부는 아니다.

실비아는 다시 자리에 누워, 휴식을 취하려 가만히 눈을 감았다.

'그럼, 기분전환 잘 하고 내일을 맞이해야겠네.'

실비아는 할 수 있는 일이 많다.

즉, 해야 하는 일도 많다는 뜻이다.

제4장

준준결승 제3시합

프로키온 돔 대기실.

"후우… 그래도 시간에 맞추는 데에는 성공했군."

"당연하지."

마지막의 마지막 순간까지 S모듈을 조정하던 카밀라와 사야는 둘 다 진한 다크서클이 드리워진 눈으로 서로를 보며 자신만만하게 웃었다.

그야 조정일이라 시합이 없었던 어제부터 내내 S모듈 최종 조정에 매달렸으니 그럴 만도 하다. 게다가 사야는 5회전에서 파손된 황식무장도 수리해야 했다.

"이제 S모듈의 안정성은 대폭 향상되었을 거야. 사용자도 부담이 상당히 줄어들겠지."

카밀라는 어깨에서 뚜둑 소리를 내며 코어 마나다이트에 접속된 배선을 하나씩 뽑았다.

"…고마워. 내 힘으로는 이 정도까지 완성도를 높일 수 없었을 거야."

사야가 이번 '왕룡성무제'를 위해 준비한 비장의 카드는 두 가지. 그중 하나는 낙성공학 연구회 멤버와 아버지인 소이치의 도움을 받아 완성했지만, 이 S모듈은 설계부터 제작까지 거의 다 사야가 혼자서 해냈다. 세이도칸 학원에서 신설한 작업장의 득을 크게 본 건 사실이지만, 상당히 무모했다는 건 부정할 수 없다.

"그럼 이걸로 빚은 청산했다고 생각해도 되겠지?"

"나야 원래 받을 빚이 있다고 생각한 적은 없지만 그걸로 기분이 풀린다면 그렇게 해."

"좋아."

카밀라는 만족스럽게 고개를 끄덕이더니 S모듈의 발동체를 사야에게 건넸다.

"그럼 열심히 해. 잘 알겠지만, 레나티는 강하거든?"

"응, 알아."

레나티와 림시의 시합을 보면 솔직히 사야가 이길 확률은 상당히 낮다.

그 이전에 사야는 베스트8에 남은 멤버 중에서는 명백하게 수준이 떨어진다. 그 누구와 맞붙어도 힘겨운 싸움이 되리라.

물론 그렇다고 순순히 질 생각은 전혀 없지만.

"나랑 우리 아빠가 만든 황식무장은 무적이야. 나는 그걸 증명할 뿐이지."

사야가 S모듈의 발동체를 허리에 감으면서 말하자, 벽 쪽에서 대기하고 있던 림시가 한 걸음 앞으로 나와 고개를 숙였다.

"레나티를 잘 부탁합니다, 사사미야 사야. 그 아이는 아직 성장 도중이니 앞으로 천사도 악마도 될 수 있을 겁니다. 하지만 만약 저나 알디처럼 시합을 통해 그 아이가 뭔가를 발견할 수 있다면…."

"그런 건 내가 알 바 아냐."

사야는 단호하게 말했다.

레니티가 에르네스타 큐네의 제어를 받지 않는다는 건 이미 카밀라에게 들었다. 게다가 강제정지장치도 없다고 한다. 사야로서는 무책임의 극치라는 생각밖에 안 들고, 일반적인 시각으로도 믿기 힘든 우행일 것이다. 각 학교의 '페이지 원'을 능가하는 전투 능력을 가진 자율식 의형체를 아무렇게나 풀어놓은 것과 마찬가지니까.

그래도 그건 어차피 에르네스타의… 아르르칸트의 문제다. 사야가 상관할 바가 아니…기는 하지만.

"그래도… 그 꼬맹이는 확실히 너무 건방져. 예의범절 정도라면 가르쳐주지."

그렇게 말하면서 씩 웃자, 림시는 그 차가운 미모를 조금이지만 부드럽게 만들고 다시 고개를 숙였다.

"슬슬 시간이 됐네."

사야는 대기실 한구석에 놓여 있던 발동체를 잡아 들어 올렸다.

묵직함이 느껴졌지만, 그건 이 황식무장이 규격을 벗어난 물건이라는 증거다.

"…이제 와서 묻는 것도 웃기지만, 정말로 그걸 그대로 들고 갈 생각이냐?"

"당연하지."

정말로 무슨 소리인지.

직접 전개한 모습을 보여준 건 아니지만, 카밀라에게는 이 황식무장의 개요를 간단히 설명해 두었다. 그때 카밀라가 지었던 경악스러운 표정을 떠올리며 사야는 싱긋 웃었다.

"이 황식무장 없이는 그 꼬맹이를 절대로 못 이겨."

"아, 그건 물론 알아. 내가 묻고 싶은 건 정말로 그 모양으로 괜찮냐는…. 뭐, 넘어가자. 생각해 보니 역시 내가 참견할 문제가 아니야."

카밀라는 포기했다는 듯이 그렇게 말하고 가볍게 고개를 가로저었다.

"그럼 적어도 그 용기라도 칭찬해야겠어, 사사미야 사야. 아르르칸트 소속인 내가 말하려니 좀 그렇지만, 건투를 빈다."

"그래."

사야는 엄지손가락을 척 들더니, 카밀라와 림시의 배웅을 받으며 느긋한 걸음으로 대기실에서 나왔다.

*

[아하하하하하하하하하! 아아, 못 참겠다! 아아, 웃음을 참을 수가 없어! 히! 히이~! 우, 웃다 죽겠네! 웃다 죽겠어! 푸하하

하하하하하하하!]

[자, 잠깐, 치토세 씨…! 푸흡! 너, 너무 웃는…! 푸풉! 푸하하하하하!]

해설자인 사콘 치토세와 실황 아나운서 나나 안데르센의 폭소를 들으며, 사야는 스테이지 위에서 심각하게 불만스러운 표정을 짓고 있었다.

"으그그….."

[하, 하지만 **초등학생 가방**이라고! **초등학생**! 하필이면 '성무제', '왕룡성무제' 준준결승에서! 게다가 그게 왜 저렇게 잘 어울리는 거야! 풉…! 푸하하하하하하하하!]

확실히.

지금 사야는 확실히 언뜻 보면 초등학생 가방과 비슷하다고 할 수 있는 백팩을 메고 있다.

하지만 이것은 결코 초등학생용 가방이 아니다. 신형 황식무장의 발동체를 가장 합리적이자 신체적 부담이 없는 형태로 휴대하고 있을 뿐이다.

"그런데도 아나운서랑 해설자는… 나 원 참."

돌이켜 보면 2년 전 '봉황성무제'에서 사야가 처음 스테이지에 섰을 때, 고등부의 사야와 중등부의 키린을 착각한 것도 이 콤비였다. 당시에도 대단히 불쾌했는데 아무래도 상성이 심각하게 안 좋은 것 같다.

애초에 대놓고 폭소하고 있는 건 이 둘뿐만 아니라 관객들도 마찬가지였다.

도저히 준준결승 시작을 앞두고 있다고는 볼 수 없을 정도로 관객석은 웃음으로 넘치고 있다. 다른 회장에서 벌어진 시합이라지만, 조금 전 실비아VS오펠리아 전이 장절한 싸움 끝에 한때 실비아에게 심정지까지 오는 바람에 전율과 동요로 쥐 죽은 듯이 고요했다는데, 이미 그 분위기는 흔적도 남지 않았다.

"저기, 저기~ 어째서 다들 웃고 있는 거야~?"

그때 대전 상대인 레나티가 이상하다는 표정으로 아장아장 다가왔다.

5회전이 끝나고 카노푸스 돔에서 마주쳤을 때의 일을 생각하면, 레나티야말로 제일 먼저 웃을 거라고 생각했는데.

"등에 멘 그거, 엄청 귀여운데! 레나도 갖고 싶어~! 나 주면 안 돼?"

"…거절하겠어."

"어~ 치사해! 분명히 레나가 더 잘 어울릴 텐데~"

뾰로통한 레나티를 보면서 사야는 아까 림시가 한 말을 이해했다.

레나티에겐 그때그때 자신의 감정, 기분이 무엇보다도 우선인 것이다. 즐거운 일, 좋아하는 것, 싫어하는 사람. 머리가 아니라 마음이 이끄는 대로.

카밀라의 말로는 레나티는 알디와 처음 만나 실시한 모의전에서 팔을 즐거운 듯이 뜯어냈다고 하는데, 그것도 납득이 간다. 가령 상대가 의형체가 아니라 인간이라 해도 레나티는 웃으면서 그렇게 하지 않았을까.

'아아…. 정말로 어린애네.'

이성이 없는 게 아니라, 기기에 따르는 의미를 이해하지 못하는 것이다.

동시에 눈앞의 소녀가 어디까지나 만들어진 존재라는 걸 생각하면 에르네스타가 추구하는 의형체의 이상적인 모습이 뭔지 사야에게도 어렴풋하게 보이는 듯했다.

'그렇다면 전부 에르네스타 큐네의 꿍꿍이대로라는 거네. 그건 그것대로 화가 나지만….'

사야는 한숨을 한 번 쉬더니 레나티에게 말했다.

"어이, 꼬맹이."

"그~러~니~까~! 레나는 꼬맹이 아니라니까!"

"그러냐. 그럼 레나."

"응…?"

그렇게 순순히 고쳐 말하자, 레나티는 놀란 듯이 눈을 휘둥그레 뜨고 사야를 보았다.

"나는 사사미야 사야다. 기억해 둬라."

"사사미야사야? 이름 웃긴다!"

레나티는 깔깔거리면서 곧바로 뛰어서 정해진 위치까지 이동했다.

그럴 만도 하다.

레나티가 보기에 사야는 흔한 어중이떠중이와 아무런 차이가 없을 테니까.

아직은.

['왕룡성무제' 준준결승 제3시합, 시합 시작!]

"좋아! 간다! 악, 으갸갸갸?!"

시합이 시작되자마자 사야는 35식 황형중기관포 그란발레리아를 전개해서 일직선으로 돌진하던 레나티에게 광탄을 폭풍처럼 퍼부었다.

그러면서 허리와 다리에 달린 버니어 유닛을 전개. 이건 41식 황형 유도곡사입자포 발덴호르트 개량형의 부품을 이용한 것이다. 바이올렛 와인버그 전에서 파손된 그란발레리아는 포신을 교체하는 선에서 어찌어찌 해결했지만, 발덴호르트 개량형은 거의 박살이 나 버렸기 때문에 시간에 맞춰 수리하지 못했다. 그래서 버니어 유닛만을 조정해 분리했다.

"므으으으으! 아프잖아! 뭐야, 대체 뭔데에~!"

레나티는 대검형으로 모양을 바꾼 변형형 황식무장 유도므라로 받아내려 했지만, 분당 4,000발씩 쏟아내는 광탄을 완전히 처리할 수는 없었다. 좌우로 움직여 피하려 해도, 사야도 그란발레리아를 움직여 추적하면서 레나티를 놓치지 않게 주의를 기울였다.

동시에 사야는 버니어 유닛을 분사해 미끄러지듯 후진. 충분히 거리를 두었다.

하지만 그란발레리아의 공격은 레나티의 발을 묶는 데에는 성공했지만 제대로 된 대미지는 거의 주지 못한 듯했다. 잘 보니 레나티의 온몸을 얇은 빛으로 덮여 있고 광탄은 전부 거기에 튕겨 나가고 있었다.

'뭐, 림시랑 시합하는 모습으로 알고는 있었어. 저 피막장갑을 깨려면 S모듈이 꼭 필요하다는 걸.'

카밀라의 말에 따르면, 레나티는 병렬처리된 복수의 울름=마나다이트를 코어에 사용하고 있다. 울름=마나다이트 특유의 특수능력을 사용하지 않는 대신에 그 엄청난 출력을 전부 스펙에 쏟아붓는다는 콘셉트다. 이보다 더 알기 쉬울 수가 없다.

역시 지켜야 할 선이 있으니 직접 데이터를 보여주지는 않았지만, 공격력, 방어력, 기동력, 어느 스펙을 놓고 봐도 사야와 비교가 안 되는 수준이리라. 단순히 힘이 강하고, 장갑이 단단하고, 다리가 빠르다. 그야말로 심플 이즈 베스트다.

그리고 비장의 수라고 할 수 있는 로보스 전이 방식의 다중

연결처리로의 이행. 이건 카밀라에게 듣지 않아도 시합을 보는 것만으로 알 수 있었다. 아무튼 로보스 전이 방식은 사야와 소이치의 전매특허라고 말해도 될 만한 기술이니까. 이 방식을 통해 폭발적으로 높아진 출력을 피막장갑으로 보내, 원래도 사기적인 방어력과 맨손 공격력을 비약적으로 상승시킨다.

'울름=마나다이트를 로보스 전이 방식으로 제어하는 것만 해도 말이 안 되는데, 가변형 코어라니 그야말로 천재의 결과물에 천재의 결과물을 합쳐 놨어….'

하지만 알디 때와 마찬가지로 아직 완전한 기술은 아닌 듯했다.

만약 기술이 완성되었다면 처음부터 로보스 전이 방식을 사용하면 그만이다. 그러지 않은 건 부담이 너무 크거나, 혹은 폭발이나 폭주의 위험성이 있거나, 어쩌면 양쪽 다거나.

그렇다면 사야가 선택할 수 있는 전술은 세 가지.

첫 번째, 로보스 전이 방식으로 이행하기 전에 속공으로 결판을 낸다. 하지만 레나티가 임의로 이행할 수 있다면 그다지 현실적이지는 않다.

두 번째, 로보스 전이 방식으로 이행하고 나면 내구전에 돌입해 상대의 자멸을 기다린다. 하지만 이것도 그렇게 된다는 확증이 없는데다 그때까지 과연 사야가 버틸 수나 있을지 장담할 수 없다는 근본적인 문제가 있다.

그리고 세 번째는….

"힘으로 눌러버린다."

사야는 그렇게 말하고 등에 짊어진 황식무장을 기동시켰지만, 딱히 아무런 일도 일어나지 않았다. 하지만 그건 고장이 아니라 원래 그런 사양이다.

그러자 마침 그때 쉬지 않고 광탄을 퍼붓던 그란발레리아가 포효를 멈췄다. 황식무장에는 탄환이 소진된다는 개념이 없으니 냉각에 한계가 와서 오버히트한 것이리라.

'그럼, 어떻게 됐을까…?'

뭉게뭉게 피어오르는 분진 너머로 나타난 모습에는, 역시 상처 하나 없었다.

"푸에… 퉤퉤! 으아아, 먼지투성이야!"

"…이만큼 쏴댔는데도 소용이 없을 줄이야."

황당한 수준의 견고함이다.

"이제 끝났어~? 뭐야, 따다다다다닥 하고 얼마나 아픈지 알아?! 아무튼 이제부터는 내 차례네!"

레나티는 이히히 웃더니 유도므라를 한 차례 휘둘렀다. 그건 한순간에 커다란 총형 황식무장으로 모습을 바꾸더니, 거기서 발사된 광탄이 사야를 덮쳤다.

사야는 장비를 그란발레리아에서 38식 황형척탄총 헤르네크라움으로 바꾸고, 유도므라의 광탄을 피해가며 S모듈을 세트했다.

"이얍~! 콰쾅!"

레나티는 그저 즐겁다는 듯이 광탄을 발사했지만, 사야는 S 모듈을 조정하는 한편으로 그것을 쉽게 피해냈다.

"으뮤뮤? 얼레레?"

광탄이 맞지 않는 게 이상한지, 고개를 갸웃거리는 레나티.

"왜 그래, 고작 이런 수준이냐?"

"으그그그!"

사야의 사소한 도발에 레나티가 얼굴을 새빨갛게 물들이고 화를 냈다.

레나티의 언동은 엉망진창이지만 반대로 사격은 사야의 움직임을 예측해 무서울 정도로 정확한데, 그 정도라면 괜찮다. 이쪽도 그걸 고려해서 움직이면 충분히 회피할 수 있다. 림시나 바이올렛 같은 원거리전 전문가와 맞붙은 경험은 사야에게 커다란 유리한 점이다. 무엇보다, 원거리전이라면 레나티가 가진 스펙은 거의 도움이 되지 않는다.

적어도 현재로서는.

"어어어? 어째서 안 맞는 거야~! 아아, 뭐야! 어째서지, 어째서어?"

레나티는 분하다는 듯이 그렇게 소리쳤지만, 사야가 발사하는 광탄도 레나티를 잡아낼 수 없기는 마찬가지였다. 사야도 사격 정밀도에 자신이 있지만, 단발 사격으로는 레나티의 반응 속도를 따라가지 못한다.

"에이, 됐어! 레나는 싹둑~ 하는 걸 좋아하니까!"

레나티는 다시 유도므라를 대검형으로 변형시키고 아까와는 달리 좌우로 페인트를 걸면서 거리를 좁혀왔다. 경이적인 속도였다. 일단 상대방이 공격할 수 있는 거리까지 접근하게 만들면 그때부터는 대처할 방법이 없다.

하지만 사야는 버니어 유닛의 출력을 최대로 끌어올려 단숨에 거리를 벌렸다.

"후뮤웃?!"

"크…윽!"

급격한 가속에 몸이 아파왔지만 견디는 수밖에 없다. 레나티와 근접전투를 벌이는 것보다야 1억 배는 낫다.

[오오! 사사미야 선수가 엄청난 급가속으로 레나티 선수를 따돌렸습니다!]

[호오~ 저 버니어 유닛 출력 좋은데? 저런 걸 용케 다룰 수 있구나. 평범한 속도로는 승부가 안 될 테니 좋은 선택이라고 생각해.]

[그러게~ 확실히 레나티 선수의 기동력은 이번 대회 톱클래스니까! ……응? 그렇다면 발이 느린 선수는 다들 저걸 쓰면 되잖아! 대발명인데!]

[나나, 대체 무슨 소리야? 그게 말처럼 쉽겠어? 평범한 선수가 저걸 흉내 냈다간 곧바로 자빠져서 머리가 쾅!이라고. '화염의 마녀'도 비슷한 능력을 쓰지만 그건 '마녀'라서 가능한 일이라고 할까, 능력 자체가 온갖 귀찮은 조정을 맡아주는 거야. 내가 보기에 저건 다리의 버니어 유닛으로 초가속을 일으키면서 동시에 히리의 버니어 유닛으로 자세제어랑 반동제어를 실시해서 균형을 유지하는 건데, 아마 엄청나게 섬세한 황식무장 조정기술이 필요할걸?]

역시 사콘 치토세, 전직 아르르칸트 학생회장답다. 좋아할 수 없는 상대지만 눈썰미와 견식만은 확실하다.

실제로 사야가 이번 대회 출전자를 통틀어 자신 있게 최고라고 말할 수 있는 건 황식무장을 다루는 숙련도밖에 없다. 설계나 제작, 지식이나 조정기술이라면 아르르칸트의 톱클래스 전문가와 비교하기 힘들지만, 이렇게 기초를 이해하고서 실전에서 황식무장을 소화해내는 기술이라면 애스터리스크 제일이라고 자부한다.

"됐거든요~! 술래잡기라면 레나도 잘하거든!"

레나티는 굽히지 않고 일직선으로 사야를 추적했다.

이쪽은 최대 출력으로 버니어를 뿜고 있는데도, 그걸 상회하는 속도였다.

"짜잔! 잡았…."

"…버스트."

하지만 그런 직선적인 움직임으로 뛰어든다면 사야에게는 고마운 표적일 뿐이다. 아슬아슬한 지점까지 끌어들여 헤르네크라움의 방아쇠를 당기자, 보기 좋게 직격. 대폭발이 일어났다.

"흐아아!"

레나티는 충격으로 날아가다가 공중에서 그 작은 몸을 빙글 회전시켜 멋지게 착지. 게다가 놀랍게도 상처 하나 없었다.

'어처구니가 없네. S모듈을 장비한 헤르네크라움의 광탄이 직격해도 전혀 대미지가 없다니.'

"으으으! 레나는 너 싫어! 왠지 상대하기 힘들단 말이야!"

"사야."

언짢은 듯이 노려보는 레나티에게, 사야는 다시 한번 그렇게 말했다.

"나는 사사미야 사야다."

"으으으~!"

레나티는 화를 내면서 유도므라를 창형 황식무장으로 변형시켰다.

*

프로키온 돔, 세이도칸 학원 특별관전실.

"후훗, 사야도 제법이네요. 저 신형 의형체를 상대로 우세한 싸움을 벌일 줄은…."

느긋하게 시합을 바라보며 미소를 짓던 클로디아가 자못 감탄한 듯이 말했다.

"…현재로서는 그렇지."

한편 옆에 앉은 아야토는 그렇게 대답할 수밖에 없었다.

시리우스 돔에서 시합을 끝내고, 아야토는 관전하던 클로디아와 함께 사야를 응원하려고 프로키온 돔으로 왔다. 원래는 실비아의 시합도 응원하러 가고 싶었지만, 마무리로 승자 인터뷰 등을 하는 동안 시합이 시작된 탓에 그러지 못했다. 역시 실비아가 일시적으로 심정지 상태에 빠졌다는 소리를 들었을 때는 많이 놀랐지만, 곧바로 소생 처치를 받고 지금은 치료원에서 검사를 받고 있다고 한다. 아까 본인이 짧기는 해도 연락을 주었기에, 그쪽은 아무튼 걱정하지 않아도 될 듯하다.

하지만 사야의 이 시합은….

"어머나, 어쩐지 대답이 묘한걸요?"

"클로디아도 알잖아? 확실히 지금은 사야가 조금 우세하지만, 이 상태라면 그리 오래 지속하진 못할 거야."

"뭐… 그렇긴 해요."

아야토의 말에, 클로디아는 쓴웃음을 지으며 작게 고개를 끄덕였다.

레나티는 강하다. 단순한 스펙만 놓고 보면 아야토나 샤오페이, 위악과 같은 강호들과 동격일 테고 방어력은 흑기사보다도 뛰어나 이번 대회 최고일 것이다(다만 흑기사의 능력은 충격마저 차단하니 성격상 차이가 있다). 울름=마나다이트의 출력을 사용하고 있다는 걸 고려하면, 만약 '흑로의 마검'을 쓰더라도 간단히 저 피막장갑을 깰 수는 없겠지.

그런데도 지금 사야가 우세한 이유는 레나티가 그저 아무 생각 없이 싸우고 있기 때문이다.

림시와 싸울 때도 그랬지만, 의형체끼리만 실시할 수 있는 연산전투를 제외하면 레나티의 행동은 그야말로 우왕좌왕이었다. 그때그때 떠오르는 충동만으로 싸우고 있다고밖에 보이지 않았다.

즉, 전략이라는 게 애초에 없다는 소리다. 그래도 예선에서는 기본 스펙만으로 압도할 수 있었고, 심지어 림시를 상대할 때조차 종반까지는 열세였지만 결국 스펙으로 역전해 버렸다.

하지만 이번에 사야는 시작부터 철저하게 레나티가 그 스펙을 제대로 발휘하지 못하게 움직이고 있다. 이건 사야의 전투 경험과 주도면밀한 준비가 이룬 성과라고 말할 만하지만, **문제는 레나티의 높은 학습능력이다.**

에르네스타의 자율식 의형체에게 똑같은 공격은 두 번 통하지 않는다. 알디나 림시의 후계기라면 레나티도 마찬가지일 것이다. 지금도 공격에 적응해나가며 조금씩 사야가 쓸 수 있는 패턴을 줄여나가고 있다는 게 보인다.

"게다가 레나티한테는 아직 비장의 수가 있으니까."

림시 전 마지막에서 보여준 그 이상한 고출력은 아마 사야도 경계하고 있겠지만, 과연 대응할 수 있을까.

"하지만 비장의 수라면 사야도 아직 새로 만든 황식무장을 쓰지 않은 것 같은데요? 저… 후훗! 아아, 실례. 저, 너무나 깜찍한 백팩 유닛이 그거죠?"

클로디아가 도중에 참지 못하고 입가를 가렸지만, 아야토는 일부러 아무 말 하지 않았다.

사실 아야토가 보기에도 사야의 지금 모습은 그녀의 초등학교 시절이 떠오르는 게 사실이다. 사야는 요즘 부쩍 어른스러워졌다는 분위기가 들지만, 등에 짊어진 아이템의 임팩트가 너무 강하다.

뭐, 그건 넘어가고.

"아마 그렇긴 할 텐데…. 저게 뭔지는 나도 자세히 듣지 못했어."

사야가 이 '왕룡성무제'를 목표로 새로운 황식무장을 준비하고 있다는 건 아야토도 알고 있었지만, 그게 구체적으로 뭔지는 모른다.

그때 갑자기 공간 윈도가 열리고 기계음성이 방문객을 알려 주었다.

"어머나! 이럴 때에 손님이라니… 누구일까요?"

　시합 도중에 선수가 소속된 학교의 특별관전실을 약속도 없이 찾아오는 일은 어지간해선 없다. 그야 분명히 응원 중일 테니 심각한 매너 위반이다. 레볼프쯤 되는 무뢰한이라면 몰라도…. 그렇게 생각하면서 공간 윈도를 보니 거기에는 의외의 얼굴이 있었다.

　아야토와 클로디아가 얼굴을 마주 보고, 서로 고개를 끄덕인 후에 문을 열었다.

"실례합니다."

"과, 관전 중에, 정말 죄송해요오…."

　어딘지 무뚝뚝한 표정의 금발 소년과 미안해서 어쩔 줄 모르는 녹색 머리카락의 소녀.

"아뇨, 괜찮아요. 그런데… 가라드워스의 학생회가 무슨 용건으로?"

　클로디아는 빙긋 웃으며 둘을 맞이했다.

"일단 무례를 사과드립니다. 먼저 연락을 드릴까도 했지만, 휴대단말기의 통상회선은 피하고 싶었거든요."

"…어머나."

　클로디아의 웃는 얼굴이 미묘하게 다른 질감을 띠었다.

즉, 이건 내밀한 용건이다.

"그렇다면 들어오세요. 안에서 대화를 나누도록 하죠."

그렇게 말하며 클로디아가 둘을 안으로 들이자, 거의 같은 타이밍에 관객석에서 큰 환성이 일었다.

*

[사사미야 선수! 간발의 차이로 레나티 선수의 공격을 회피! 이야~ 정말 아슬아슬한 타이밍입니다!]

'으음, 슬슬 힘들어지기 시작하네….'

방금 전의 공방으로 사야는 슬슬 밀리고 있다는 걸 자각하고 있었다.

"뉴후후! 이제 슬슬 내 실력이 나오거든!"

눈으로 쫓기조차 힘든 속도로 돌진하는 레나티에게 사야는 버니어를 최대 출력으로 올려 후진하면서 광탄을 연사했다.

하지만 레나티는 여유로운 표정으로 피하더니 상단세에서 거대한 창을 찔렀다. 사야는 곧바로 좌우 허리의 버니어 분출 각을 어긋나게 만들어서 몸을 회전시켜 아슬아슬하게 피했지만, 레나티는 지면에 꽂은 창을 그대로 축으로 삼아 사야의 배후로 뛰었다.

"크…윽!"

"잡았다!"

사야가 곧바로 몸을 숙이자 그 머리 위를 광인이 지나갔다. 으스스한 오한을 견디며 버니어를 분출해 그 자리를 이탈했다.

솔직히 지금 공격을 피한 건 단순한 감이었다.

[오오! 아까까지와 달리 레나티 선수가 점점 사사미야 선수를 궁지에 몰기 시작합니다!]

[레나티 선수의 움직임은 이미 시합 시작 직후와 다른 사람… 아니, 다른 의형체? 뭐, 상관없어, 아무튼 딴판이야.]

"에헤헤, 혹시 레나 칭찬받은 건가? 칭찬받은 건가아?"

레나티는 공격을 멈추고 칠칠치 못한 표정으로 머리를 긁적이고 있다.

사야는 그러는 동안에 헤르네크라움을 발동체로 되돌리고, 39식 황형광선포 볼프도라를 전개했다. 이미 헤르네크라움의 공격으로는 뭘 어떻게 해도 통하지 않게 되었기 때문이다.

레나티의 학습능력은 알다나 림시와 비슷한 수준이지만 근본적으로 다른 부분이 있다. 그 둘에게는 아마 베이스가 될 기초 데이터(근접전에서 몸 쓰는 방법이나 사격 데이터 등)가 미리 세트되어 있고, 거기에 실전에서 학습한 정보를 덧붙여나가는 타입으로 추측된다.

반면에 레나티는 그런 기초 데이터조차 세트되지 않았다. 아니, 연산전투에서의 움직임을 보면 데이터 자체는 있지만 의

도적으로 사용하지 않는 건지도 모른다. 아무튼 에르네스타는 정말로 제로 베이스에서부터 이 의형체를 키워나갈 생각인 듯하다.

그래서 레나티는 움직임에 규칙성이 없고 엉망진창이라 예측하기 힘들다.

'게다가 움직임이 점점 더 세련되어지니까 잡아내기 힘들어…'

마음속으로 투덜거리면서, 사야는 볼프도라에 S모듈을 연결하며 고민했다.

"오오! 대단하다, 대단해! 또 다른 황식무장이 나왔어!"

"…소사!"

S모듈을 통해 강제로 출력이 임계점 이상까지 올라간 볼프도라에서, 광선이 뿜어져 나와 일직선으로 스테이지를 휩쓸었다.

"우와아앗~!"

레나티는 공중으로 크게 뛰어 피했지만, 사야는 힘겹게 포신을 위로 들어 공중의 레나티를 추격했다. 레나티에게는 비행 유닛이 없으니 공중에서는 회피하지 못할 것이다.

하지만.

"뉴후! 간다앗!"

"헉!"

레나티는 유도므라를 대구경의 총으로 변형시키더니 그걸

등 쪽으로 향해, 발사의 반동을 이용해 사야에게 돌진했다.

광선을 아슬아슬하게 스치며 파고든 레나티의 킥을, 사야는 황급히 포신으로 가드했다.

"크…윽!"

직격은 면했지만 그 충격으로 사야는 마치 물수제비를 하는 조약돌처럼 스테이지에서 나뒹굴었다. 두 번 세 번 지면에 충돌했다가 네 번째에 가까스로 몸을 일으킨 사야를 노리고 레나티가 추격을 걸어 왔다.

"아직이거든~!"

손에 든 유도므라는 이미 대검형으로 변해 내리꽂히려는 참이었다.

"체…엣!"

사야는 S모듈만 회수한 후에, 조금이라도 몸을 가볍게 만들기 위해 볼프도라를 버리고 버니어를 최대 출력으로 뿜어 이탈했다. 급가속의 영향으로 가슴에 둔한 통증이 퍼졌다. 아무래도 지금의 킥에 갈비뼈가 몇 개 부러진 듯했다. 5회전에서 입은 부상도 다시 벌어졌는지 교복에 피가 번졌다.

볼프도라는 사야를 대신해 반으로 쪼개져, 시야를 가로막는 거대한 폭발을 일으켰다. 그 틈에 최대한 거리를 벌리고 34식 파동중포 아크반데르스 개량형을 전개했다. 사야가 가진 황식 무장을 남김없이 꺼내는, 그야말로 총력전이다.

"우와아! 아직도 황식무장이 또 있구나! 대단해!"

폭염을 유도므라로 쓸어버리고 모습을 드러낸 레나티는 천진난만하게 외치며 감탄하고 있다.

여전히 제멋대로 행동하는 것처럼 보이지만, 사야는 그런 상대에게 새삼 전율했다.

지금 레나티는 자신이 원하는 대로 움직이면서도, 학습을 통해 익힌 사야의 행동에 최선의 액션으로 대응하고 있다. 모순이 아닌 융합이다. 그건 기존의 데이터를 토대로 하지 않고 처음부터 만들어냈기 때문에 가능한 움직임이다.

즉, 레나티는 누구와 싸우더라도 시합 도중에 상대방의 천적으로 성장하는 의형체라는 게 된다.

'에르네스타 큐네… 그야말로 천재 위에 있는 천재구나.'

콘셉트는 이해한다. 하지만 그걸 상식선에서 실천하려면 학습하는 동안 성장하기 전에 패배할 가능성이 높다. 그렇기 때문에 그 대책으로 울름=마나다이트의 특수능력을 포기하면서까지 기본 스펙을 끌어올린 것이리라.

"좋아~! 그럼 슬슬 레나도 진심을 내볼까아~!"

레나티는 그렇게 말하더니 유도므라를 내던지고, 왼손에 오른 주먹을 탁 하고 부딪쳤다.

"아니…?!"

그러자 레나티의 눈동자가 파란색에서 금색으로 변하더니

몸을 덮은 피막장갑이 강하게 빛나기 시작했다.

"…보통 비장의 수는 마지막까지 남겨두는 거 아냐?"

설마 압도적으로 우위에 있는 상황에서 로보스 전이 방식으로 이행할 거라고는 예상하지 못했기에, 저도 모르게 그런 말이 나왔다.

"어어~? 하지만 지금 레나는 엄~청 컨디션이 좋으니까 그런 기세를 유지한 채로 콰앙 파파팟! 하는 편이 기분 좋잖아!"

에헤헤~ 하고 가슴을 펴고서 검지로 코를 쓰윽 비비는 레나티는 너무나 의기양양했다.

"…그런가."

그렇다면 어쩔 수 없다. 이미 시합이 시작된 지 10분은 지났다.

그렇다면 이제 얼마 안 남았다.

사야는 각오를 다지고, 아크반데르스 개량형을 들었다.

"이히히힛! 자아! 짜잔, 하고 간다앗! 그러엄, 짜잔~!"

그 말이 나오기가 무섭게 레나티는 스테이지를 달려 단숨에 간격을 좁혔다.

이 상태에서도 스피드만은 같다는 게 그나마 다행이다. 아슬아슬한 건 분명하지만 사야도 어떻게든 대응할 수 있다.

'뭐, 이런 엄청난 출력을 기동력에 썼다간 그 순간에 몸이 산산조각 날 테니까.'

"콰콰쾅!"

아크반데르스 개량형의 포신에서 빛이 뿜어져 나와 레나티를 쏘아맞혔…지만.

"헤헷! 그런 건 이렇게 해버려야지!"

레나티는 오른손에 에너지를 집중시키더니 그대로 휘둘러 빛을 갈라버렸다.

"응, 그럴 줄 알았어."

림시와 싸울 때도 레나티는 지금과 똑같은 방식으로 대응했다.

그렇기에 사야는 아크반데르스 개량형을 계속 쏘면서, 다시 버니어를 사용해 최대한 거리를 두었다.

"으으! 또 도망치잖아! …그렇다면 이거닷!"

레나티는 빛의 격류를 벗어나자마자 곧바로 사야를 쫓으려 했지만, 생각을 바꿨는지 걸음을 멈췄다.

"지금의 레나는 이런 것도 할 수 있거든!"

그렇게 말하면서 오른손을 들자, 레나티의 손바닥에 에너지가 집약되더니 작은 광탄이 생성되었다.

"하나, 두울, 셋!"

"…헉!"

레나티가 크게 팔을 휘둘러 그것을 던지자, 광탄은 강속구가 되이 사야를 덮쳤다. 사야는 아크반데르스 개량형으로 쏘아 떨어뜨리려 했지만, 레나티의 광탄은 그 빛을 간단히 무산시키며 총구에 착탄해 폭발. 곧바로 손에서 놓았지만 사야는 그 충격으로 크게 튕겨나갔다.

"으윽…!"

설마 그런 작은 광탄이 S모듈을 탑재한 아크반데르스 개량형보다도 강할 줄이야.

"자아, 또 간다앗~!"

이번에는 광탄 다섯 개를 동시에 생성하더니 그것들을 한꺼번에 던졌다.

사야는 버니어의 기동력을 최대한으로 활용해 스테이지를 미끄러지듯 이동하며 필사적으로 피했지만, 한 번 착탄할 때마다 지면이 움푹 패여 흙먼지가 일어났다.

'그렇다면….'

사야가 예상한 대로 레나티는 그것을 연막으로 활용해 거리를 좁혀오고 있었다.

"이히힛! 이번엔 정말로 끝이야!"

"…그건 내가 할 말이야."

흙먼지 속을 가로지르듯 나타난 레나티의 일격을 사야는 최소한의 움직임으로 회피했다. 완전히 피하지는 못해 왼팔을 베였지만, 미리 이렇게 되리라는 걸 알았으니 사야도 이 정도 희생으로 대처할 수 있다.

"…42식 황형 항타식(杭打式) 입자포 아레스브링거."

그리고 사야는 미리 전개해둔 새로운 황식무장의 포구를 레나티의 옆구리에 강하게 밀착시켰다.

"받아라! 아마기리 신명류 사사미야식 포검술, '시키바치 바쿠사이(폭쇄)!"

"흐아아앗?!"

눈부신 섬광이 번쩍이더니 굉음을 일으키며 작렬했다.

레나티의 작은 몸이 구르듯 날아가 스테이지에 엎어졌다.

4회전에서 커티스 라이트를 분쇄한 초고화력 초저사정의 근접전특화 황식무장, 게다가 이번에는 S모듈 버전이다.

아무리 레나티라고 해도….

"후아~ 깜짝 놀랐네!"

하지만 그런 사야의 희망적인 관측은 허무하게 무너졌다.

폴짝 일어선 레나티에게는 역시 상처 하나 없었다.

"……."

사야조차 이 상황엔 할 말을 잃고 잠시 멍하니 서 있었다.

"뉴후~! 빈틈 발견!"

"아차…!"

당연히 레나티가 그것을 놓칠 리가 없다. 한 호흡 만에 사야의 간격으로 날아들었다.

사야는 오른손에 든 아레스브링거로 쳐내려 했지만, 그보다 먼저 레나티의 작은 손이 포구를 잡고 그대로 쥐어 찌부러뜨렸다.

"이걸로 끝이야!"

"크윽!"

레나티의 오른손이 사야의 교표를 노리고 다가오는 그 순간에, 사야는 아레스브링거의 방아쇠를 당겼다. 포구가 찌부러진 상태에서 그런 짓을 하면 결과는 뻔하다. 폭발이다.

"아아아악!"

"으아아!"

가까운 거리에서 고출력의 황식무장이 폭발한 충격으로, 사야와 레나티는 둘 다 강하게 날아갔다.

"크윽…!"

그 폭발의 위력은 아까 파괴된 아크반데르스 개량형과는 비교도 되지 않는다. 그건 단순히 망가졌을 뿐이지만 이번에는 고출력의 에너지가 갈 곳을 잃고 폭발했으니까. 레나티는 피막 장갑이 있으니 별 문제가 아니겠지만, 비틀거리며 일어선 사야는 온몸이 만신창이였다.

가장 가까이에서 대미지를 입은 오른팔은 너덜너덜해지고, 허리와 두 다리의 버니어 유닛도 완전히 망가졌다. 만약 제때 성진력으로 방어하지 못했다면 목숨까지도 위험했을지 모른다.

"하여간~ 정말 말도 안 되는 짓을 한다니까~"

아니나 다를까, 레나티는 상처가 없는지 피어오르는 먼지를 손으로 털고 있다.

"하지만 이제 승부는 난 것 같아! 우후후, 역시 레나한테는 아무도….'

"아직이야."

거드름을 피우는 레나티를 향해 사야는 단호하게 말했다.

"아직 내 교표는 무사하고, 나는 이렇게 서 있어. 포기할 생각은 없어."

"…무슨 소리야? 이해가 안 돼. 몸이 그렇게 엉망인데 승산이 있을 리 없잖아!"

화가 났는지 고함치는 레나티에게 사야는 씩 웃었다.

"그래? 정말로 그럴까?"

그때 드디어 등에 멘 백팩이 날카로운 소리를 내며 준비완료 신호를 보냈다. 서브암이 전개되어 사야의 팔을 덮고, 너덜너덜한 오른손에 작은 핸드건이 쥐어졌다.

"뉴후후후후! 그게 뭐야? 그런 작은 황식무장으로 뭘 어쩌려고?"

"그건 오해야. 이건 황식무장이 아니라 방아쇠일 뿐이거든."

사야의 오른손에는 이제 거의 힘이 들어가지 않지만, 그래도 방아쇠 정도는 당길 수 있다.

그럼 남은 건….

"자, 똑똑히 봐."

사야는 마지막 힘을 쥐어짜내 최대한 높이 점프했다.

그와 동시에 등의 백팩이 빛나면서, 사야를 감싸듯 거대한… 너무나 거대한 황식무장이 모습을 드러냈다.

[어…?]

[엥…?]

"후에…?"

아나운서도 해설자도 관객도, 그리고 레나티도, 그때 그 자리에 있던 모두가… 아니, 중계로 시합을 보던 전 세계 모든 사람들이 넋을 잃었다.

스테이지 상공에 출현한 그것은 마치 UFO 같았다. 원반형에, 스테이지를 바라보는 바닥면에는 전부 빼곡하게 구멍이 나 있다.

그게 포구라는 걸 과연 아는 사람이 존재했을까.

"전체 길이 99미터, 99개의 소형 마나다이트를 로보스 전이로 다중연결한 이 황식무장은 전개하는 데에 999초가 걸리거든."

사야는 원반 위에서 반쯤 황식무장에 파묻힌 형태로 서서, 공간 윈도 너머로 레나티를 보며 말했다. 당연하지만 황식무장이 너무 거대한 탓에 위에 있는 사야에게는 스테이지가 보이지 않는다.

"게다가 쏠 수 있는 건 한 발뿐. 제어는 넌더리가 날 정도로 어렵고, 도중에 실수하면 제대로 전개조차 되지 않아."

그렇다. 사야는 레나티와 싸우는 내내 이 황식무장을 전개하는 데에 의식의 일부를 할애하고 있었다. 전부 지금 이 순간을 위해서.

"어? 어? 자, 잠깐만, 잠깐잠깐잠깐…!"

레나티는 드디어 정신을 차렸지만, 그래도 아직 당황한 듯 주위를 둘러보았다. 어디로 도망칠지 찾는 듯했다.

하지만 그건 불가능하다.

"소용없어. 원래부터 이 황식무장은 스테이지 전체를 거의 완벽하게 범위 안에 둘 수 있도록 설계했으니까."

"그, 그럴 수가…."

레나티가 울상을 지은 표정으로 위를 올려다보았다.

"자, 마음껏 맛보도록 해, 레나티. 이게 내… 사사미야 사야의 최종병기야."

사야는 그렇게 말하고, 통증 이외의 감각이 거의 없는 오른손으로 방아쇠를 당겼다.

"42식 황형섬멸급 초대구경입자포 노인페어데르프. 발사."

그 직후, 직경 100미터에 가까운 빛의 기둥이 스테이지에 내리꽂혔다.

"으아아아아아아아!"

레나티가 두 손을 들고 피막장갑을 최대출력으로 올려 버티려는 게 보였지만, 그것도 금세 빛 속으로 삼켜져 모습을 감추었다.

약 10초에 걸친 사격이 끝나자, 스테이지는 흙을 쌓아 만든 상층부분이 거의 사라지고 강철 토대가 노출되어 있었다.

그리고 그 중심에는 벌러덩 누운 레나티가 있었다.

노인페어데르프가 백팩의 발동체로 돌아가고, 사야는 레나티 옆으로 가볍게 착지했다.

"니… 히… 히히……! 어때…! 레나, 견뎌… 냈어…!"

몸 여기저기서 불꽃을 파직거리면서도 레나티는 활기차게 웃었다.

그래도 이미 움직일 여력은 없는 듯했다.

"그래, 대단해."

사야도 솔직하게 칭찬했다.

실제로도 레나티는 노인페어데르프에 직격당한 것치고는 손상이 적다.

피막장갑에 모든 에너지를 집중해, 어느 정도 막는 데에 성공한 모양이었다.

하지만 로보스 전이 방식은 제어하기 어렵다는 게 단점이다. 무리하면 금세 고장이 나서, 잘해봐야 기능 정지, 잘못하면 폭주 상태가 되어버린다.

쩌적, 하는 소리가 레나티의 가슴에서 들렸다.

"뉴후… 뉴후후후…! 대단해…! 정말로 대단해…! 레나, 이렇게 즐거운 건 처음이야…! 아아, 그렇구나… 언니가 말한… 좋은 시합이라는 게… 이런 거였구나…!"

그리고 작고 맑은 소리를 내며 레나티의 교표가 깨졌다.

[에르네스타 큐네, 교표 파손.]
[시합 종료! 승자, 사사미야 사야!]

승부 종료를 알리는 기계음성이 울려 퍼지는 가운데, 레나티가 반짝거리는 눈으로 사야를 올려다보며 말했다.

"저기… 꼭, 꼭… 레나랑 또 놀자? 꼭이야…? 응? 그래 줄거지, 사사미야 사야…!"

그런 레나티에게 사야는 부드럽게 웃으며 말했다.

"…흥, 드디어 기억했구나."

*

"으갸아~! 졌다아아~!"

프로키온 돔의 아르르칸트 특별관전실.

시합 종료와 동시에 에르네스타는 두 손을 뻗고서 테이블에 엎어졌다.

　"후하하하하하하! 아아, 아무리 내 여동생이라 해도 저런 어처구니없는 병기가 상대라면 방법이 없지요!"

　등 뒤에서는 알디가 팔짱을 끼고서 껄껄 웃고 있었다.

　"아아, 그야~ 역시라고 할까, 뭐라고 할까~ 진짜 말도 안 되는 게 나왔으니까, 정말로."

　아무리 거함거포주의를 표방하더라도, 아무리 화력지상주의에 경도되더라도, 스테이지 전부를 범위에 넣는 황식무장이라는 건 일반인의 머리에서 나오는 발상이 아니다.

　"카밀라랑 림시는 저쪽 대기실에 가서 돌아오지도 않고~ 쳇 쳇~"

　"그야 이번에는 사사미야에게 협력했으니, 그게 도리 아니겠습니까?""

　"어머나, 알디도 꽤 인간의 기분을 이해하게 되었구나."

　알디의 말을 듣고 에르네스타는 새삼스럽게 그 성장에 놀랐다.

　"후하하하하! 그렇게 대단한 것은 아닙니다만!"

　"…네가 완성형이 되려면 겸손을 배울 필요가 있겠어."

　에르네스타는 쓴웃음을 지으면서도 커다란 만족을 느끼고 있었다.

레나티가 진 건 분하지만, 아마 이번 시합에서 그 이상의 배움을 얻었을 것이다. 레나티가 제로에서 성장해 어떤 의형체가 될지, 에르네스타는 벌써 기대되어서 견딜 수가 없다.

"아아… 하여간 너희는 내 희망의 빛이야."

아주 작은 목소리로, 만감을 담아서 그렇게 중얼거렸다.

그건 알디에게 하는 말이 아니라 자신을 향한 재확인이었다.

언젠가… 아마 그리 머지않은 미래에, 인간과 '성맥세대' 사이를 연결하는 역할을 완전자율식 의형체가 맡게 될 것이다. 에르네스타는 그렇게 믿는다.

그리고….

"그리고…. 이쪽이 어두운 면인가…."

에르네스타가 띄운 공간 윈도에는 애스터리스크 지도가 떠 있었다.

그 지도는 여기저기에 수많은 작은 빛이 반짝거리고 있었다.

전부 바리언트의 위치정보였다.

금지편 동맹의 의뢰로 만들기는 했지만, 이 정도는 심어두었다.

"천 대를 전부 여기로 갖고 올 줄이야~ 옮기는 것만으로도 고생이었을 텐데, 대단하다, 대단해."

물리적인 노력은 그렇다 쳐도, 일반적인 절차로 이런 게 허가될 리 없다. 금지편 동맹은 항만부뿐 아니라 관계 각처의 상당한 고위직까지 힘이 닿는 모양이다.

"위험한 일이 벌어지지 않으면 좋겠는데… 뭐, 무리겠지만~"

제품을 납품했으니 에르네스타의 일은 끝났다. 그걸 어떻게 쓸지는 의뢰인의 자유다.

그보다 에르네스타는 과학도로서 맹목적인 기술신봉을 싫어한다.

사람이 어떤 기술의 필요성을 판단할 때는 어두운 측면까지 함께 알아두지 않으면 불공평하다.

"나도 어느 정도는 준비해 두는 편이 좋으려나?"

학전도시
애스터리스크

제5장

마검의 계승자

"이야, 사야도 정말… 참…."

시합을 끝까지 본 아야토는 그제야 그런 말을 쥐어짜냈지만, 특별관전실에서 함께 시합을 보던 다른 사람들은 아직도 아무 말도 못 하고 있었다. 가장 오래 알고 지낸 아야토조차도 이렇게 깜짝 놀랐으니 당연하다. 클로디아마저 입을 가리고서 말을 못 하고 있다.

나머지 두 사람인 엘리엇과 노엘은 아예 망연자실한 상태였다.

"…이, 이건 너무 말도 안 되는데요…."

잠시 후에, 엘리엇은 중얼거리듯 그렇게 말했다.

아야토도 동감이다.

하지만 한편으로 거함거포주의의 극치에 가까운 저것이야말로 사야다운 황식무장이라는 생각도 든다.

"아… 어쨌든 축하드립니다, 클로디아 씨. 이걸로 베스트4 중에 3명이 세이도칸이네요. 이번 시즌은 그야말로 세이도칸을 위한 '성무제'였다는 말을 듣겠죠. 정말 부럽습니다."

가볍게 고개를 흔들어 정신을 차린 엘리엇이 씁쓸하게 웃으며 클로디아에게 말했다. 인사치레가 아니라 진심인 듯했다. 엘리엇은 학생회장 업무가 순탄치 않은 모양이니 그런 사정도 담긴 한마디일 것이다.

"별말씀을요. 선수분들이 힘내 주신 덕분이지요. 게다가…."

클로디아는 교과서적인 답변을 한 후에, 비틀거리며 스테이지를 떠나는 사야를 보며 어두운 표정을 지었다.

"저 부상으로는 사야가 다음 시합에 나갈 수나 있을지 모르겠네요."

확실히 이기기는 했지만, 사야는 두 팔의 부상이 심각한 것처럼 보인다.

하물며 준결승 상대는 오펠리아다. 완벽한 상태라 해도 버거운 상대다.

"그럼 나는 잠깐 사야를 보고 올게."

"아, 잠깐만 기다려 주십시오, 아마기리 씨."

몸을 일으키려는 아야토를 엘리엇이 불러 세웠다.

"저는 당신에게 용건이 있어 왔습니다."

"나한테…?"

엘리엇이 일부러 내밀한 이야기를 하겠다고 왔으니 당연히 상대는 학생회장인 클로디아라고 생각했는데.

"아뇨, 정확히는 당신의 누님께 용건이 있는 거지만요."

"헉!"

그 말에 아야토는 곧바로 자세를 바로잡았다.

클로디아도 그 말을 듣자마자 표정이 굳었다.

"자세한 사정은 알지 못하고, 알 생각도 없어요. 하지만 저와 제가 가진 '성검'만이 그 여자를 구할 수 있다, 적어도 가능성

정도는 존재한다, 라는 말을 들었기 때문에 찾아온 것입니다."

"'백려의 마검'… 그렇구나!"

아야토와 클로디아는 퍼뜩 놀라 얼굴을 마주 보았다.

대상을 임의로 선택해 베어낼 수 있는 순성황식무장이라면, 확실히 하루카의 몸속에 박혀 있는 '적하의 마검'의 조각을 배제할 수 있을지도 모른다.

"즉… 아야토의 누님을 구해주신다는 건가요?"

"제 힘으로 가능하다면요."

"그건 고마운 제안이긴 하지만…."

클로디아는 진의를 탐색하듯 가만히 엘리엇의 눈을 보았다.

"그런 걸 해서 대체 당신에게 무슨 이익이 있지요?"

엘리엇은 성 가라드워스 학원의 학생회장이다. 당연하게도 자기 학교의 이익을 최우선으로 움직여야 하는 처지다. 이 타이밍에 하루카를 구하는 게 가라드워스에 직접적인 불이익을 주지는 않겠지만, 이익이 되는 것도 없다. 학생회장이긴 해도 개인으로서 아야토측과 목적이 일치하는 실비아 같은 경우가 아니라면 굳이 힘을 빌려줄 이유는 없을 것이다.

"기사이자 '성검'의 사용자인 제가 괴로움에 처한 여성을 구하는 건 당연한 일이잖습니까? 라고 말하고 싶지만 그런 말로는 납득하지 않으시겠지요."

쓸쓸하게 웃으며 어깨를 으쓱하는 엘리엇.

"솔직히 말씀드리자면, 저희는 의뢰주에게 대가를 받기로 했을 뿐입니다. 그러니 그 점은 신경 쓰지 마시길."

"그게 누구인지는 알려줄 수 없겠지요?"

"알려드릴 수 있다면 처음부터 말씀드렸겠지요."

그 대답에 이번에는 클로디아가 어깨를 으쓱했다. 그럴 거라고 생각했지만, 이라는 표정이었다.

하루카의 사정은 극소수만이 알고 있다. 금지편 동맹을 쫓는 아야토, 클로디아, 사야, 키린, 실비아, 성렬경비대 대장인 헬가와 하루카 본인, 그리고 클로디아의 어머니이자 이 문제를 총괄하고 있는 긴가의 최고경영간부 이자벨라. 그 이외에 또 있다면 치료원장 얀 콜베르 정도일까. 이 멤버들이라면 이름을 숨길 필요가 없다.

그렇다면 남은 건….

"좋습니다. 일단 그 문제는 넘어가도록 하죠. 하지만 문제가 하나 있어요. 엘리엇, 자세한 사정은 모른다고 말씀하셨는데 그럼 구해야 하는 상대가 어떤 상태인지는 아시나요?"

"'적하의 마검'의 파편이 체내에 남아 있다고 들었습니다. 어떤 경위로 그렇게 되었는지까지는 모릅니다만."

엘리엇은 신중하게 대답했다.

아까 스스로 말했듯 깊이 관여하지는 않겠다는 자세를 유지하려는 것이리라.

"그럼 그게 어떤 의미인지도 아시겠군요. 평소에 '적하의 마검'이 기동하지 않을 때는 그 파편은 존재하지 않는다는 거예요. 그렇다면 '백려의 마검'은 존재하지 않는 것을 대상으로 포착할 수 있다는 뜻인가요?"

"그건…."

클로디아의 질문에 엘리엇이 말을 어물거리며 미묘한 반응을 보였다.

"확실히 가능하다고 장담까지는 못 합니다. 저는 아직 어니스트 선배만큼 이 '성검'을 잘 다루지 못하니까요. 단… 이론적으로는 불가능하지 않다고 의뢰주가 말하더군요."

"이론적으로?"

"'백려의 마검'은 임의의 대상만 선택해 벨 수 있는데, 그 순간에 사용자의 인식에 반응해 대상을 재정의할 것이라고 말하더군요. '적하의 마검'의 파편이 그분의 체내에 자리 잡고 있다면, 그건 실제로 존재하지 않는 게 아니라 존재하지 않는데도 존재한다는 애매한 상태라고 할 수 있습니다. 그렇다면 '백려의 마검'의 재정의를 통해 강제적으로 대상화해 간섭할 수 있지 않을까… 라는 이야기였습니다."

"재정의를 통한 대상화인가요. 그러네요…. 흥미로운 발상이에요."

클로디아는 어느 정도 납득한 듯했지만 아야토는 아직 잘 이해가 가지 않았다.

그러자 클로디아가 눈치를 챘는지 아야토를 바라보며 설명해 주었다.

"예를 들어볼게요. '백려의 마검'으로 스테이크를 자른다 치죠."

"…아니, 절대로 그런 일에 '성검'을 쓸 일은 없습니다만."

예시가 부적절하다고 느꼈는지 엘리엇이 불만스러운 표정으로 손을 들었지만, 클로디아는 모른 척하고 말을 이었다.

"그때 화력 조절에 실패해서 탄 부분을 '백려의 마검'으로 잘라내는 거예요. 하지만 '너무 탄 부분'이라는 애매한 표현은 '사용자의 인식'에 의해 범위가 변하기 마련이죠. '백려의 마검'은 그 인식을 파악해 '사용자가 너무 탔다고 정의한 부분'을 확정한다는 거예요. 이게 재정의이고 '백려의 마검'은 이런 과정을 통해 임의의 대상만을 벨 수 있는 것이랍니다."

"즉… 거기에 '적하의 마검'의 파편이 있다고 인식할 수 있다면, '백려의 마검'은 그것이 존재하지 않더라도 재정의를 통해서 대상화할 수 있다는 뜻이야?"

"이론상으로는 그래요. 물론 정말로 존재하지 않는다면 인식할 방법이 아예 없으니 불가능하겠지만, 사용자가 거기에 존재한다는 걸 분명하게 안다면, 어쩌면…."

가능성이 전혀 없진 않다는 뜻이로군.

그렇다면 시험해볼 가치는 있다. 아야토에게는 다른 방법이 전혀 없으니까.

아야토는 클로디아에게 눈짓으로 확인하고, 엘리엇에게 깊이 고개를 숙였다.

"어떤 경위로 이렇게 되었는지는 모르겠지만…. 고마워, 누나를 부탁할게."

"최선을 다해보겠습니다."

아야토의 연락을 받고 하루카는 곧바로 특별관전실까지 왔다.

휴대단말기로는 사정을 설명하지 말아 달라고 엘리엇이 부탁했기에, 여기로 온 이후에 사정을 설명했다. 지성공회의의 첩보망이 얼마나 치밀한지는 엘리엇이 제일 잘 안다. 빈틈을 드러낼 수는 없다.

"…아아. 확실히 가능성이 있을지도 모르겠어. 상당히 어렵기는 할 테지만."

이야기를 들은 하루카는 곧바로 고개를 끄덕이더니 아야토 옆에 선 엘리엇에게 눈길을 주었다.

"그럼 엘리엇 군, 잘 부탁해."

"아, 아아… 네."

하루카가 너무나 간단히 받아들이기에 오히려 엘리엇이 더 당황했다.

'이 사람이 아마기리 씨의 누나인가….'

지성공회의의 보고에 따르면 알 수 없는 사정으로 치료원에서 오랫동안 식물인간 상태로 있었다고 한다. 예전에는 세이도칸 소속이었다는데, 공식전에 출전한 기록은 없다. 확실한 정보까진 아니지만 '흑로의 마검'을 들고 '식무제'에 출전했다는 이야기도 있다. 이번 건도 그렇고, 아마 상당히 위험하고 큰 사건에 말려들었을 것이라고 쉽게 상상할 수 있다.

단, 엘리엇으로서는 그런 사정보다 하루카의 검사로서의 존재감에 흥미가 있었다. 그녀는 아마기리 아야토의 누나이자 아마기리 신명류의 사범 대리이기도 하다. 엄선된 멤버만 입대할 수 있는 성렵경비대의 일원이니 그 실력은 헬가 린드발이 인정했다고 볼 수도 있다.

무엇보다, 이렇게 대치하고 있으니 직접적으로 전해진다. 사소한 동작, 일거수일투족, 그 모든 게 태연자약하고 자연스러우면서도 전혀 빈틈이 없다. 아니, 빈틈의 유무조차 느끼지 못하게 만든다는 표현이 더 정확하겠다.

'지금의 나는 상대도 되지 않겠어….'

결투 등으로 '백려의 마검'을 쓴다면 엘리엇이 압도적으로 유리할 테고, 자신의 검술 실력에는 엘리엇도 상당한 자부심이 있지만, 검사의 격이란 그게 전부가 아님을 엘리엇은 이미 잘 안다.

"그럼… 일단 시험해 볼까요."

엘리엇은 허리에 찬 홀더에서 발동체를 꺼내더니 '백려의 마검'을 기동시켰다.

투명감이 느껴지는 순백의 도신은 어니스트가 사용하던 시절보다 조금 짧다. 크기를 엘리엇에게 맞췄기 때문이다.

"파편은 어디 즈음에 있죠?"

"으음~… 대략적이긴 하지만, 이쯤일까."

그렇게 말하면서 하루카는 오른쪽 옆구리에 손을 댔다.

상당히 어림짐작이다. 아마 하루카 본인도 장소를 정확히 파악하기는 힘들 것이다.

"크기는… 새끼손가락 정도였지요?"

"맞아. 그게 제어할 수 있는 최소단위라는 모양이야. 즉, 부숴서 그보다 작게 만든다면….".

"파편은 소멸한다…."

아야토의 말을 이어받아 엘리엇이 중얼거렸다.

말로는 간단하지만 실제로는 터무니없는 난이도다. 존재하지 않는 것을 벤다는 것부터가 무모한 도전인데, 거기다가 위치까지 불확실한 새끼손가락 크기의 대상이라니.

하지만 유리스에게서 퍼시벌에 관한 정보를 받으려면 무슨 수를 써서라도 해내야 한다. 그게 퍼시벌 문제를 최대한 은밀하게 해결하는 계기가 되고, 나아가서는 퍼시벌과 가라드워스 양쪽을 위한 일이기도 할 테니까.

엘리엇은 숨을 고르고 의식을 '백려의 마검'에 집중시켜, 말 없이 그것을 휘둘렀다. 순백의 도신이 하루카의 몸을 관통했다.

"……."

느낌은 없었다.

단순히 날이 파편에 맞지 않았던 건지, 아니면 엘리엇이 제대로 파편을 인식하지 못해서 '백려의 마검'이 대상화에 실패한 건지, 그조차도 알 수 없었다. 아는 건 그저 제대로 되지 않았다는 점뿐이었다.

그래도 두 번째, 세 번째 시도를 해보았지만.

"큭…!"

'백려의 마검'을 몇 번이나 휘둘러도 결과는 똑같았다.

"아무래도… 힘들 것 같네요."

결국 클로디아가 진지한 표정으로 그렇게 말했다.

"오빠…."

노엘도 불안한지 엘리엇의 옷소매를 꽉 잡았다.

엘리엇은 어금니를 꽉 깨물면서 고개를 숙였다. 손에 든 '백려의 마검'이 평소보다 훨씬 무겁게 느껴졌다.

"음, 마음에 담아둘 필요 없어, 엘리엇 군. 나도 순성황식무장을 써봤으니까 이게 얼마나 어려운 일인지 잘 알거든."

하루카가 엘리엇을 배려하듯 상냥하게 웃었다. 그 마음 씀씀이가 지금의 엘리엇에게는 더욱 괴롭게 다가왔다.

"아, 아뇨, 기다려 주세요! 한 번만 더 해보겠습니다…!"

엘리엇은 가라드워스의 학생회장으로서 여기서 포기할 수는 없다.

유리스가 습격당한 상황을 생각하면, 퍼시벌은 상당히 위험한 조직에 관여하고 있을 것이다. 뭔가 사건이 일어나서 그것이 공공연하게 드러난다면 가라드워스의 이미지 훼손은 피할 수 없을 테고, 엘리엇 자신도 학생회장으로서 책임을 추궁당할 것이다.

하지만 솔직히 말하자면 그런 건 상관없다. 엘리엇을 인정해준 사람들에게는 미안한 일이지만, 그건 그것대로 어쩔 수 없다.

문제는 지성공회의를 필두로 하는 E=P가 사건을 은폐하려 비밀리에 퍼시벌을 처리하려 드는 가능성이다. 아니, 어쩌면 이미 그러기 위해 움직이고 있는지도 모를 일이다.

그렇다면 엘리엇이 할 일은 정말로 그런 일이 발생하기 전에 어떤 방법을 써서라도 지성공회의보다 먼저 퍼시벌을 확보하는 것이다.

"후우…."

엘리엇은 눈을 감고 다시 정신을 집중했다.

"하압…!"

그리고 기합을 내지르며 '백려의 마검'을 휘둘렀다.

"…….."

모두가 주목하고 있다는 게 느껴진다. 하지만 하루카는 아쉽다는 듯이 고개를 가로저었다.

"대체…."

대체 뭐가 문제일까.

단순히 엘리엇의 실력이 부족해서인가, 아니면 적합률이 낮은 탓에 '백려의 마검'이 가진 힘을 제대로 끌어내지 못하는 걸까.

'역시 나로는 안 되는 걸까…?'

만약 지금 '백려의 마검'을 들고 있는 사람이 어니스트였다면….

무의미한 가정이라는 건 알지만, 그래도 그런 바람을 갖게 된다.

그때.

"네 검은…."

아야토가 갑자기 그런 말을 하려다가 입을 다물었다.

"네?"

"아아, 아니…."

엘리엇이 돌아보자 아야토는 시선을 피했다.

"제 검에 무슨 문제라도?"

아야토는 아직 말하기 껄끄러운 듯하지만, 엘리엇이 시선으로 재촉하자 어쩔 수 없는지 입을 열었다.

"그게, 주제넘는 소리라는 건 알지만…. 뭐라고 할까, 예전에 싸웠을 때보다 갑갑해 보인다고 할까."

"윽! 그렇지는…!"

엘리엇은 반사적으로 아야토의 말을 부정하려다가 도중에 힘없이 고개를 가로저었다.

아야토와 엘리엇이 '봉황성무제'의 준결승에서 맞붙은 건 2년 전이다. 엘리엇의 실력 자체는 그때보다 훨씬 향상되었다. 그건 분명하다.

하지만….

"확실히… 그럴지도 모르겠습니다."

검은 마음을 비추는 거울이다. 그렇다면 지금의 입장이 엘리엇의 검을 흐려지게 만드는 일도 있을 것이다.

어니스트에게서 '백려의 마검'과 학생회장 자리를 물려받고 서열 1위가 된 이후로, 엘리엇은 언제나 그 중압감에 짓눌리는 심정이었다. '백려의 마검' 사용자의 자격을 유지하려면 언제나 정의의 편에 서야 하지만, 때로는 학생회장으로서의 책무가 그러도록 놔두지 않는 경우가 있다. 어니스트처럼 절묘한 합의점을 찾는 건 너무나 어려운 일이다.

"하지만! 그래도 저는 어니스트 선배처럼 되기 위해서…!"

"그건 무리야."

그런 엘리엇에게 아야토는 딱 잘라 말했다.

"누구도 그 사람이 될 수는 없어. 나도 그리고 너도."

그런 건 알고 있다.

알고 있어도, 조금이라도 다가가지 않으면 안 되는 것이다.

"마찬가지로, 어니스트 씨도 네가 될 수는 없어."

"네…?"

생각지도 못한 말을 들어 엘리엇은 아야토의 얼굴을 가만히 보았다.

그런 건 생각해본 적도 없었다. 당연하다. 모든 면에서 우월한 어니스트가 일부러 엘리엇이 되고 싶다고 생각할 리가 없다.

하지만 아야토는 곤혹스러워하는 엘리엇을 그대로 두고 말을 이었다.

"네 검은 천의무봉이야. 자유롭고 활달하고 분방하지. 어니스트 씨의 검(표리 양면에서)과는 다르니까, 비교할 필요가 없다는 뜻이야."

아야토는 거기까지 말하고, 미안하다는 듯이 뺨을 긁적였다.

"그리고… 이런 때에 말하긴 그렇지만, 예전에 너한테 한 말을 철회하고 싶어."

"철회라고요?"

"'봉황성무제'에서 맞붙은 후에 네 검을 가볍다고 말했잖아?"

"아아⋯."

물론 기억한다. 그 시합과 그 말은 엘리엇에게 굴욕 이외의
어떤 의미도 없었다. 그때부터 '사취성무제'까지의 1년 하고
몇 개월은 그 굴욕을 씻기 위한 시간이었다고 말해도 과언이
아니다.

결국, 엘리엇의 팀 트리스탄은 아야토가 속한 팀 엔필드와
싸우기도 전에 져 버렸지만.

"하지만 작년 '사취성무제'에서 너는 자신의 검을 보다 가볍
고 빠르게 갈고닦았어. 솔직히 말해서, 저런 검도 있구나, 라고
생각했거든. 각오를 짊어짐으로써 강해지는 검이 있다는 건 분
명하지만, 거기서 멀어짐으로써 강해지는 검도 있다는 사실을
말이야. 내가 그 말을 철회하겠다는 이유도 바로 그래서야."

"그런⋯가요."

진지하게 고개를 숙이는 아야토를 보고, 엘리엇은 복잡한 감
정이 가슴속에서 휘몰아치는 것을 느꼈다.

확실히 그렇다.

엘리엇의 검은 누구보다도 가볍고 유연하고, 무엇보다 빠른
게 자랑이다. 그리고 그 극치를 목표로 삼았을 것이다. 하지만

이렇게 울적한 기분으로 휘두르는 검이 그 경지에도 달할 수 있을 리가 없다.

"…하핫, 정말로 그러네요."

저도 모르는 새에 자승자박에 빠져 있던 자신의 어리석음에 웃음이 나왔다.

어니스트처럼 능숙하게 처신할 수는 없다. 그걸 모르진 않지만, 잠시만 긴장을 놓으면 거기에 사로잡혀 있었다.

엘리엇은 엘리엇에게 가능한 일을 하는 수밖에 없다.

그저 그 점을 인정한 것만으로도 엘리엇은 오랜만에 개운한 기분이 들었다.

문득 저번에 유리스가 지나가듯 했던 말이 머릿속에서 되살아났다.

'공주님을… 한 명 구해 줬으면 하거든. 기사의 본분이잖아?'

아아, 그렇고말고.

엘리엇은 학생회장이기 이전에 가라드워스의 기사다.

학생회장이라는 입장도, 거기에 얽힌 사정도 상관없다.

눈앞에 곤경에 빠진 여자가 있는데, 어떻게 구하지 않는단 말인가.

그 순간, 순에 든 '백려의 마검'이 가벼워진 느낌이 들었다.

"이건…."

그뿐이 아니다.

'백려의 마검'이 떨리듯 뭔가에 반응하는 게 느껴졌다. 탐색하듯 의식을 움직여 보니 반응은 두 개 있었다. 강한 것, 그리고 당장이라도 사라질 듯 미약한 것.

강한 반응은 아야토의 허리에 찬 홀더에서… 그렇다면 '흑로의 마검'이리라. 사색의 마검이 서로에게 반응하는 건 엘리엇도 '사취성무제'에서 직접 본 적이 있다.

그렇다면 또 하나의 반응은….

엘리엇이 그렇게 인식한 순간에 '백려의 마검'이 그것을 재정의했다.

'적하의 마검…!'

엘리엇은 그렇게 감각을 잡아내자마자 곧바로 '백려의 마검'을 뽑아 휘둘렀다.

"윽!"

"빠르다…!"

아야토를 비롯한 실력자들이 숨을 삼킬 만한 회심의 일격.

보이지 않아도 알 수 있다. 순백의 칼날은 하루카의 배를 지나 분명히 그 속에 숨어 있던 '적하의 마검'의 파편을 양단했다.

"…후우."

엘리엇은 한 번 한숨을 내쉰 후에 '백려의 마검'을 홀더에 넣었다.

"이제 괜찮습니다."

그 말에 아야토가 확인하듯 하루카를 바라보자, 그녀도 웃으면서 고개를 끄덕였다.

"응, 나도 한순간 조각이 붕 떠올랐다가 부서져서 사라지는 걸 느낀… 것 같아."

"그렇구나…. 정말 다행이야."

안도의 한숨을 내쉬는 아야토에게서 엘리엇은 등을 돌렸다.

용건이 끝났으니 오래 머무를 필요는 없다. 학생회장인 엘리엇이 말도 없이 오래 자리를 비웠다간 어느새 지성공회의가 냄새를 맡을지도 모른다.

"그럼 저는 이만. 가자, 노엘."

"으응…!"

기쁜 표정으로 대답하는 노엘을 데리고 방에서 나가려 할 때.

"고마워, 엘리엇 군."

그렇게 말하고, 하루카와 아야토가 깊이 고개를 숙였다.

"…이거야 원, 그건 내가 할 말인데."

그 모습에 엘리엇은 쓴웃음을 지으며 작게 중얼거렸다.

"오빠?"

그 혼잣말을 들었는지, 이상하다는 듯이 엘리엇의 얼굴을 바라보는 노엘.

"아무것도 아냐. 그보다 빨리 돌아가자. 할 일이 잔뜩 있으니까.”

그렇게 말하고 특별관전실을 나서는 엘리엇의 발걸음은 다시 태어난 것처럼 가벼웠다.

＊

밤하늘에 떠 있는 비행선.

선내에는, 철저하게 자신을 숨기는 웃는 얼굴과 세상 모든 것을 혐오하는 무뚝뚝한 얼굴, 그리고 무기질적이고 이질적인 무표정의 금지편 동맹 멤버 셋이 모여 있었다.

“내 쪽은 모든 게 순조로워. 바리언트도 준비 및 배치 완료. 지하의 사전 준비도 8할 정도는 끝냈지. …문제라면 그것의 조정 상태인데…. 발다, 대체 뭐가 어떻게 된 거지? 하필이면 ‘성창’을 던져버릴 뻔했다면서?”

소파에 앉아 옆으로 다리를 꼰 디르크 에벨바인이 그렇게 말하며 코웃음을 치자, 문 가까이에 선 발다가 어깨를 으쓱했다.

“퍼시벌 가드너의 행동원리는 죄책감이다. 그걸 부추겼기 때문에 ‘성창’을 다루는 단계까지 ‘속죄의 추각’의 적합률을 끌어올릴 수 있게 되었지. 전투 능력도 엄청나게 향상되었을 거다. 하지만 그런 만큼 정신적으로 안정을 잃고 폭주하기 쉬워지는 건 당연해.”

"그럼 의미가 없잖나. 그것이 바리언트를 통솔해 줘야 한다는 건 잘 알겠지? 최소한 제정신으로 판단할 수는 있게 만들어 놔라."

"…해보지. 시간이 없으니 장담까지는 할 수 없지만."

담담하게 대답하는 발다에게, 이번에는 마디아스가 주문을 덧붙였다.

"나는 자네가 본분에 집중해 주면 좋겠어. 그쪽이 미흡하다면 전부 허사가 될 거야."

"물론 그쪽은 순조롭게 완료해 두었어. 내가 무엇을 위해 전 세계를 돌아다녔다고 생각하나? 이제 시간이 되면 알아서 움직일 거야. 내가 굳이 손을 쓰지 않아도, 자신의 의지로 말이지."

"흥! 자신의 의지라니, 웃기는 소리."

디르크는 비웃음을 잔뜩 머금고서 그렇게 내뱉었다.

발다에 의해 가벼운 정신간섭을 받은 인간은 그 사실을 자각하지 못하고 자신의 의지로 움직이고 있다고 생각할 것이다. 그렇다, 어디까지나 본인들 생각으로는.

"그렇게 알아서 움직여서 벌어진 결과가 '비취의 황혼'이었잖아? 어처구니없는 대실패라고."

"그때는 나도 눈을 뜬 지 얼마 안 되어서 인식이 부족했어. 이번은 다르다."

드물게도 발다가 불쾌하다는 듯이 미간을 찌푸렸다.

이 순성황식무장에게는 그다지 지적당하고 싶지 않은 과거인 모양이다.

"흥, 말은 번드르르하군. 저번 계획 때도 비슷한 소리를 하지 않았던가? 그래 놓고 그따위 결과를 내놨지."

"그 계획은 완벽했어, 아마기리 하루카만 없었다면 지금쯤 이 세계는 우리가 원하는 형태로 변해 있었을 거다."

그렇게 말하고 발다는 차가운 시선을 마디아스에게 보냈다.

"이거야 원. 이렇게 우리가 얼굴을 볼 날도 오늘로 마지막인데…. 뭐, 이 불협화음이 오히려 우리답다고 할 수도 있겠지만."

마디아스는 쓸쓸하게 웃고는 턱을 쓰다듬으며 말했다.

"아무튼 준비에 문제가 없다면 다들 무리는 하지 말아 주게. 자네와 오펠리아 양, 둘 중 하나만 빠져도 계획은 완수할 수 없으니까."

"여기까지 왔다면, 내가 무리할 만한 사태는 어지간해선 일어나지 않을 거다. 아니면…."

"이번에도 네 쪽에서 뭐가 문제가 발생했다는 거냐?"

"아, 응, 실은 그래."

디르크와 발다에게서 쏘아죽일 듯한 비난의 시선을 받고도, 마디아스는 그 농담하는 듯한 쓴웃음을 무너뜨리지 않았다.

"별거 아냐. 가벼운 계획 변경으로 대처할 수 있는 수준의 문제니까."

"됐으니까 빨리 말해, 빌어먹을 자식아."

여기서 아무리 따져 봐야 털끝만큼도 신경 쓰지 않는 남자라는 건 잘 알고 있다. 진심으로, 마음속 깊이, 디르크는 마디아스 메사라는 남자를 싫어했다. 만나면 만날수록, 말을 나누면 나눌수록 혐오감이 치민다.

"문제는 두 가지. 하나는⋯ 아무래도 성렵경비대가 나를 구속하려고 움직이기 시작한 것 같아."

"뭐? '성무제' 도중에? 꽤 터무니없는 짓을 하는군."

이번에 마디아스를 추적하기 위해 헬가 린드발 성렵경비대 대장은 긴가와 손을 잡았다고 하는데, 대회 도중에 운영위원장을 체포한다면 다른 통합기업재체도 가만히 있지 않을 것이다.

"물론 대회 기간에는 노골적으로 움직이지 않고 조용히 처리할 생각일 거야."

"죄목이 뭔데?"

"이게 또 놀라워. 아무래도 분식회계가 어쩌고저쩌고⋯ 그런 거더군. 뭐, 특별배임입네 사기입네 하는 것들 있잖나."

"뭐?"

디르크는 저도 모르게 귀를 의심했다.

"뭔 뚱딴지같은 소리야?"

"예전에 PVA 인더스트리의 사외이사를 맡았던 적이 있는데 말이야, 그때 이 나라의 로켓 개발계획에 PVA 인더스트리를 끼워 넣으려고 경상손익을 좀 손보라고 지시한 기억이 있어. 그때만 해도 PVA 인더스트리는 국책사업에 참여할 만한 경영 상황이 아니었거든. 인력도 부족했고, 우리한테는 연결고리가 필요했어. 게다가… 이렇게 말하려니 쑥스럽지만 이 정도 장난 은 널리고 널렸잖아?"

통합기업재체가 지배하는 지금 세상은 구세기보다 윤리적인 문제에 둔감하다고 흔히 이야기하는데, 그 경향은 유독 경제범 죄에 심하게 나타난다. 통합기업재체가 얽힌 문제는 거의 사건 화되지 않는다고 봐도 될 정도다.

"하지만 그것도 10년 넘은 지난 일일 텐데, 이미 시효가 지나 지 않았나?"

"나도 그렇게 생각했는데… 거 왜, 여긴 치외법권이잖나."

"…아아, 국외로 취급되는 건가."

긴가 본부는 일본에 있고 마디아스는 긴가의 간부라고는 하 지만, 어디까지나 그건 명목상이다. 세계 각국으로 출장을 다 니지만 기본적으로는 언제나 이곳 릿카의 운영위원회 본부에 서 지낸다. 즉, 일본 국내에 있지 않으니 공소시효가 정지된 상 태라고 간주한 듯했다.

"뭐, 그냥 의외의 부분을 치고 들어온다 싶어서 놀랐을 뿐이야. 솔직히 그건 맹점이었어."

"흥, 긴가의 협력을 받기 때문이겠지."

성렵경비대는 원칙적으로 타국의 범죄를 단속할 권한이 없지만 협력 요청이 있다면 (그리고 경비대측에서 받아들인다면) 얘기가 달라진다. 긴가에서 지시한다면 일본측은 순순히 거기에 따라 협력 요청을 보낼 것이다.

"그래서 어떻게 대처할 계획이지?"

발다가 별로 흥미 없다는 듯이 다음 말을 재촉했다.

"아, 그야 역시 이제 와서 붙잡히는 건 좀 그렇잖아? 난 조금 일찍 모습을 감추도록 하겠네. 어차피 그럴 예정이었으니 하루 당겨졌을 뿐이야."

"그래도 대회에는 지장이 없나?"

"부위원장은 우수한 인물이야. 잘해주겠지."

남의 일처럼 말하는 마디아스.

운영위원회의 부위원장은 마디아스 반대파다. 갑자기 마디아스가 사라지면 곤혹스러워하기는 하겠지만, 곧바로 체제를 정비해서 최선을 다해 이번 대회를 자신의 공적으로 만들려 할 것이다. 경비대의 조사를 받게 될지도 모르지만 그는 실제로 사정을 모르니 거기서 단서를 잡아낼 수도 없겠지.

"어디로 숨을 생각인데?"

"그러게…. 기왕 이렇게 되었으니 지하에서의 일을 내가 마무리하겠어. 나한테도 인연이 있는 땅이니까. 혼자서 조용히 성황리에 펼쳐지는 '왕룡성무제'를 관전하도록 하지."

"네가 자기 손으로 막을 내리겠다고?"

그럴 만한 인간도 아니면서.

디르크는 그렇게 생각했지만 입 밖으로 내지는 않았다.

"단, 그렇게 되면 계획의 전체 흐름을 부감하기는 힘들어져. 계획의 총지휘와 불의의 사태에 대한 대처는 자네에게 부탁해도 되겠나?"

"…그렇게 되겠지. 쳇, 귀찮지만 어쩔 수 없군."

발다에게 맡길 수는 없을 테니까. 이 순성황식무장은 인간의 정신에 간섭하는 능력을 가진 주제에, 아무리 시간이 흘러도 인간을 논리로밖에 이해하지 않는다.

"그럼 나머지 문제는?"

발다가 재촉하자 마디아스는 가벼운 말투로 말했다.

"아, 하나 더 있었지. 실은 하루카한테 심어둔 '적하의 마검'의 파편이 제거된 것 같아. 어떻게 했는지는 모르겠지만, 아무튼 제법이라니까."

"어엉? 그렇게 되면 아마기리 아야토는 준결승에 결장하게 되나?"

"뭐, 그냥 놔두면 그렇게 되겠지."

아야토는 마디아스가 하루카의 목숨을 쥐고서 협박한 탓에 강제로 출전했으니, 그 염려가 사라졌다면 계속해서 출전할 필요는 없다. 준결승까지 진출했으니 그랜드슬램이 코앞까지 왔다고 말할 수도 있지만, 거기에 현혹될 성격도 아닐 테고.

"나머지 준결승도 무사히 끝날지 의심스러워. 사사미야 사야도 부상이 꽤 심한 모양이니까. 여기까지 와서 준결승 시합이 양쪽 다 열리지 않는다면 흥행에 좋지 않은 영향을 끼치겠지?"

그래도 이번 대회의 평균 시청률은 70퍼센트를 넘었다. 역대 톱클래스의 성적이라는 건 분명하니 결승전쯤 되면 더욱 엄청날 것이다. 전 세계에서 수많은 사람이 실시간으로 시청하게 되겠지.

"별문제는 없을 거다. 다소 흥이 식는다고 해도 어떻게든 될 거야. 어디까지나 이건 계기와 상징일 뿐이니까."

발다는 여전히 이 계획의 핵심 부분에 소극적이다. 가능하다면 당장이라도 계획을 실행에 옮기고 싶을 것이다.

"바로 그게 중요하다는 거야. 상징인 만큼 더 많은 사람이 봐주지 않으면 곤란하거든. 가능하다면 나는 이 세상의 모든 인간이 오펠리아 양의 모습을 똑똑히 봐 주면 좋겠어."

반면에 마디아스는 거기에 강하게 매달린다. 그것은 집착이자 집념이다. 마디아스 메사라는 남자가 자신의 존재를 유지하기 위해서는 그 은원이 필요하다는 것이다. 실로 바보 같다고는 생각하지만.

하지만 그게 없었다면 이렇게 긴 기간 동안 '적하의 마검'을 다루는 일은 불가능했으리라. '적하의 마검'의 대가는 '분노'. 분노의 감정을 먹고서 움직이는 마검이다. 분노는 강한 에너지가 필요하다. 끝없이 계속 샘솟는다는 건 불가능하다. 시간이 흐르면 약해지고, 지쳐 흩어져 버리는 일도 있다.

이렇게 오랫동안 그 감정을 먹혀오면서도 이렇게까지 유지할 수 있다는 건 엄청난 일이다.

"낌새를 보아하니, 뭔가 수를 준비해 놨겠지?"

디르크의 입장은, 정말로 내키지 않지만 마디아스와 비슷하다. 가능하다면 최고의 상태에서 결승전을 맞이해, 오펠리아의 힘을 전 세계에 알려주고 싶다. 마디아스 정도로 강하게 믿지는 않지만, 실제로 그건 확실히 세계를 바꿀 것이다. 이 쓰레기통 같은 축소정원이 그 상징에 해당하는 땅이라면, 디르크로서도 바라는 바다.

"일단 생각해둔 건 있어. 확실하다고까진 말 못 하지만…. 뭐, 아마기리 아야토는 상냥한 아이니까 분명 우리의 기대에 응해 줄 걸세."

그렇게 말하며 웃는 마디아스의 표정은 구역질이 날 정도로 부드러웠다.

"고생 많으셨어요, 회장님."

최종 회합을 끝내고 디르크가 레볼프의 집무실로 돌아오자, 이미 밤이 늦었는데도 비서인 카시마루 코로나가 남아 있었다. 아무래도 일을 다 끝내지 못한 모양이었다.

"쳇! 여전히 굼뱅이 같긴⋯. 고작 그 정도 일을 아직도 못 끝냈냐?"

"죄, 죄송합니다, 죄송합니다!"

디르크의 질타에 코로나는 언제나 그렇듯 몇 번이나 고개를 숙였다.

코로나가 고개를 숙이건 말건 디르크는 소파에 앉아 턱을 괴고 말했다.

"오펠리아의 상태는 어떻지?"

"아, 네! 손의 부상이 심각하지만 일단 아물기는 한 모양입니다. 다만⋯ 오펠리아 씨의 독이 너무나 강해서 우리 의료진도 오래 진찰하기는 힘들다고⋯."

"그렇겠지."

코로나는 모르는 일이지만, 오펠리아는 얼마 전부터 독소를 억제하기 위해 먹던 약을 끊었다. 피가 한 방울이라도 떨어지면 그 방은 금세 독으로 가득 차게 될 것이다. 완전방호복 차림이 아니라면 지금의 오펠리아에게는 섣불리 접근할 수 없다.

"저, 저기, 주제 넘는 소리라는 건 알지만, 치료원에 보내지 않아도 괜찮을까요⋯?"

"괜찮아. 어차피 그쪽에서 받아주지도 않을 거다."

레볼프의 의료진은 우수하지만, 그래도 의료원에 비하면 분명히 수준이 낮다. 사실, 부상 치료만 생각한다면 무조건 그렇게 하는 게 옳다. 하지만 지금의 오펠리아에게는 전용 격리시설이 필요하다. 치료원도 곧바로 준비를 갖추는 건 불가능할 테고, 오펠리아 본인도 원하지 않을 것이다. 나머지 두 시합만 버티면 끝이라고 이미 완전히 체념하고 있을 테니까.

"하, 하지만… 오늘 오펠리아 씨는 어쩐지 평소와 조금 분위기가 달랐다고 할까…."

"엉?"

디르크가 노려보자 코로나는 움찔 몸을 떨면서 다시 꾸벅꾸벅 고개를 숙였다.

"죄, 죄죄죄, 죄송해요! 주제넘게 나서서!"

"됐으니까 하던 말이나 계속해. 오펠리아가 어쨌다고?"

디르크가 재촉하자 코로나는 주뼛거리면서 말을 꺼냈다.

"아, 아니, 그게… 시합 후라든가, 평소에는 좀 더… 슬퍼 보이는데, 오늘은 달랐다고 할까…."

"그 녀석이 죽을 상인 건 언제나 있는 일이잖냐."

"그, 그건 그렇지만요, 오늘은 뭐랄까… 화내고 있는 듯한?"

"화를 내? 그 오펠리아가?"

비판과 체념의 덩어리 같은 그 여자한테 아직도 그런 인간적인 부분이 남아 있다는 생각은 들지 않는다.

하지만 듣고 보니 오늘 준준결승전에서 실비아와 싸울 때는 조금 묘했다.

확실히 실비아는 강적인 데다 전법도 상당히 고심한 흔적이 엿보였지만, 거기에 더해 오펠리아의 대응이 서툴렀다는 느낌도 들었다. 평소의 오펠리아라면 순간이동이든 뭐든 조금 더 잘 대처할 수 있었을 것이다.

투약을 중지한 영향으로 불안정해진 건지, 아니면….

어느 쪽이든, 기억해 두는 편이 좋을 것 같다.

"그런데 용케 깨달았군. 그렇게 오펠리아한테 흥미가 있었나?"

"예? 아뇨, 딱히 그런 건… 아아, 아뇨, 물론 대단하다고는 생각하지만요!"

"호오…. 너 같은 겁쟁이가 설마 오펠리아를 두려워하지 않을 줄이야…."

'고독의 마녀'라면 레볼프의 양아치 무리조차 두려워하는 공포의 대명사다. 좋은 의미로든 나쁜 의미로든 일반인에 불과한 코로나라면 그 모습을 멀리서 보는 것만으로 줄행랑을 쳐도 이상하지 않을 텐데.

"서, 설마요! 당연히 무섭기는 엄청 무섭죠!"

코로나는 고개를 붕붕 가로저었다.

"하, 하지만… 그거랑 이건 별개라고 할까. 그야 오펠리아 씨도 같은 학교를 다니는 학우잖아요."

"엥…?"

너무 엉뚱한 대답을 하기에, 디르크는 저도 모르게 얼빠진 목소리를 내고 말았다.

디르크는 새삼, 눈앞에 있는 이 얼간이에 굼벵이에 무능한 비서를 뚫어져라 보았다.

"넌 정말 이상하구나."

"그, 그런가요…?"

디르크는 한 차례 한숨을 내쉬더니 그런 코로나를 향해 말했다.

"코로나, 일을 하나 맡기겠다. 내 대리로 소르네주 본부에 다녀와라. 내일부터… 그래. 한 일주일쯤."

"아, 네…. 어, 어어?! 그, 그럼 '왕룡성무제' 결승전을 직접 못 보잖아요?"

"입 닥쳐, 쫑알거리지 말고 당장 방으로 돌아가서 준비나 해."

"아, 넵!"

디르크가 위압감을 담아 노려보자, 코로나는 등을 쫙 펴고서 경례하더니 도망치듯 방을 뛰어나갔다.

"하여간 아무 짝에도 쓸모없는 여자라니까…."

디르크는 그렇게 말하며, 자신의 변덕에 가볍게 놀랐다.

결승전이 끝나면 세상은 변할 것이다.

그런 세상에서 저 얼간이에 굼벵이에 무능한 여자가 어떤 식으로 살아갈지, 조금이긴 해도 흥미가 생겼다.

*

퍼시벌 가드너는 '연구소'에서 태어나고 지란 디자이너 차일드 중 하나다.

낙성공학을 통해 인공적으로 '성맥세대'를 만들어내려는 허큘리스 계획과 달리, 구시대의 기술인 유전자 조작만으로 '성맥세대'와 동등한 신체 능력을 가진 인간을 만들려는 실험의 산물이다.

그 실험으로 수많은 디자이너 차일드가 태어났지만, 퍼시벌이 특이했던 건 **우연히 '성맥세대'로서 태어나 버렸다는 점**이었다. '성맥세대'의 탄생 조건은 아직까지 해명되지 않았으니 확률은 지극히 낮지만 아주 불가능한 일은 아니라고 할 수 있다. 즉, 유전자 조작으로 강화된 일반인을 만들려 했더니 강화된 '성맥세대'가 탄생해 버렸다는 것이다. 애초에 이 실험으로 태어난 디자이너 차일드 중에 '성맥세대'는 퍼시벌 한 명뿐이었지만.

그래서인지 퍼시벌은 유년기부터 압도적으로 높은 능력을 발휘했다. 신체 능력, 지능, 전투 센스, 어디를 봐도 1급품으로, 시뮬레이션에서도 언제나 좋은 성적을 거두었다. '연구소'의 스태프에게 유일한 결점으로 지적당한 건 성격이 너무 상냥하다는 점이었다.

퍼시벌은 디자이너 차일드들의 팀 리더였지만, 한편 그녀 이외의 디자이너 차일드는 기대만큼의 능력을 보여주지 못하고 있었다. '연구소'에서는 결과를 내지 못하는 피실험체는 가차없이 처분된다. 물론 '연구소'의 아이들은 다들 똑같은 상품이니 아무렇게나 처분하지는 않는다. 어지간해선 어떤 형태로든 출하되기 마련이다.

그래도 물론 예외는 있다. 일정 수준의 품질에 도달하지 못해 불량품이라는 낙인이 찍힌 아이들은 상품 실격으로 처리되어 폐기되는 운명을 피할 수 없다. '연구소'의 브랜드 이미지를 손상시킬지도 모르기 때문이다.

그리고 퍼시벌을 제외한 디자이너 차일드들은 결국 폐기가 결정되었다.

퍼시벌은 주임 스태프와 직접 담판을 벌여, 동료들을 구해달라고 간청했다. 디자이너 차일드로 태어난 퍼시벌에게는 부모도 가족도 없었다. 같은 처지의 동료들만이 퍼시벌의 전부였다.

의외로 주임 스태프는 이 퍼시벌의 바람을 들어주었다.

하지만 그건 적극적 폐기가 소극적 폐기로 변했을 뿐이었다.

주임 스태프는 이번 기회에 퍼시벌의 성능 테스트와 다른 팀의 훈련을 동시에 하겠다는 발상을 떠올린 것이다.

—알겠니? 이 실전 테스트에서 만약 너희 디자이너 차일드 팀이 마지막까지 살아남는다면 폐기처분을 철회해 주마.

주임의 말을 믿고 퍼시벌과 동료들은 당시 가동 중이던 모든 팀이 참가하는 폐시가지에서의 실전 테스트에 임했다.

결과는 퍼시벌 외 전원 사망.

그래도 퍼시벌은 혼자서 사자분신의 활약을 보였다. 홀로 전선을 지탱하고, 지휘를 하고, '성맥세대'에 비해 분명하게 퍼포먼스가 떨어지는 디자이너 차일드들을 이끌고 분전했다. 하지만 역시 한계는 명확했다.

퍼시벌 팀의 불운이라면, 같은 세대에 로돌포 조포나 디르크 에벨바인 같은 멤버들이 있었다는 것이리라. 로돌포는 압도적인 힘으로 가차 없이 디자이너 차일드들을 쓸어버렸고, 디르크는 특유의 악랄함으로 그들을 절망적인 함정에 빠뜨렸다.

혼자 살아남아 모든 것을 잃은 퍼시벌에게 디르크가 말했다.

—어째서 너희 팀이 전멸했는지 아나? 그건 네가 리더로서 무능했기 때문이다. 혼자서 뭐든 다 하려고 구는 놈한테는 남들 위에 설 자질이 없어. 알겠나? 저 자식들이 죽은 건 네 책임이다. 가령… 너희 팀을 내가 이끌었다면 5할만 소모시키고 살아남을 수 있었을 거다.

디르크는 그렇게 말하고 퍼시벌에게 시뮬레이션 결과를 들이밀었다. 그건 어디까지나 시뮬레이션에 불과했지만, 퍼시벌의 마음을 꺾어버리기에는 충분하고도 남았다.

　─하지만 나는 네 능력을 높이 평가한다. 너는 리더로서는 실격이지만, 단순한 무기로 본다면 나쁘지 않아. 내 팀으로 와라. 거지 같은 스태프 놈들과는 내가 교섭하지. 로돌포한테 대항하려면 네 힘이 필요해. 내가 너를 잘 사용해 주겠어.

　이렇게 퍼시벌은 디르크 팀의 일원으로 들어가, 디르크가 레볼프에 팔려갈 때까지 그 부하로 움직이게 되었다.

　그리고….

　퍼시벌이 눈을 뜬 곳은 어두운 창고 안이었다.

　주위에는 아직 기동하지 않은 아무 말 없는 의형체 바리언트가 쭉 늘어서 있다.

　머리가 너무 아팠다.

　동시에 구역질을 일으키는 죄책감에 가슴이 답답해졌다.

　자기혐오와 열등감에 사로잡혀 당장이라도 사라져 버리고 싶을 정도다.

　하지만 그럴 수는 없다.

　혼자 살아남은 퍼시벌에게 그런 건 허락되지 않는다. 마지막의 마지막 순간까지 속죄를 계속해 나가지 않으면 안 된다.

"눈을 떴나?"

그 목소리에 고개를 돌리니 어느새 거기에는 '발다=바오스'의 모습이 있었다.

무표정하게 퍼시벌을 바라보는 그 눈동자에선 어떠한 감정도 읽을 수 없다.

자신도 저렇게 될 수 있다면 좋겠다고 잠시 바랐지만 곧바로 그게 도피에 불과하다고 생각을 고쳐먹었다. 속죄로부터 도망치겠다니, 언어도단이다.

"흠…. 역시 조금 조정이 필요한 것 같군."

발다는 그렇게 말하며 퍼시벌의 이마에 손을 댔다.

가슴의 목걸이에서 새카만 빛이 퍼지고, 퍼시벌의 머리에 뭔가가 흘러들어왔다.

"아… 아…."

머릿속과 감정을 직접 주무르는 이상한 감각.

"호오…? 너 같은 인간에게도 이루고 싶은 바람이 있다니."

발다의 말에 퍼시벌은 자신의 바람을 떠올렸다.

그것은 '성무제'에 거는 바람이자, 코앞까지 다가갔지만 결국 이루지 못한 꿈이었다.

만약 '사취성무제'에서 우승했더라도, 과연 통합기업재체가 그 바람을 들어주었을까?

"…'연구소' 폐쇄라, 그럴 만도 하군."

발다는 무관심하게, 그저 그렇게만 말했다.

발다에게는 어찌 되든 상관없는 일이겠지.

그래도 발다는 퍼시벌에게 이렇게 말했다. 발다는 단순한 예측을 말했을 뿐이고 다른 의도는 없었을지도 모르지만, 그 말은 퍼시벌에게 큰 위안이 되었다.

"걱정하지 마라. 계획이 달성되면, 일이 어떤 식으로 흘러가든 이 '연구소'라는 게 가장 먼저 망할 테니까."

학전도시
애스터리스크

제6장

야치구사 아카리와 마디아스 메사

[가, 강합니다! 5회전도 가볍게 승리! 마디아스 메사 선수와 야치구사 아카리 선수, 당당하게 준준결승에 진출합니다!]

아나운서의 중계방송과 환호성을 흘려들으며 마디아스가 돌아오자 시작 위치에서 대기하던 아카리가 따뜻하게 웃으며 맞이해 주었다.

"고생했어요, 마디아스. 이번에도 내가 나설 일은 없었네요."

시합이 시작되자마자 마디아스 혼자서 상대 태그를 정리해 버려서 이번에도 아카리는 나설 기회가 없었다.

이제까지의 시합에서 아카리가 싸운 건 3회전에서 노골적으로 아카리를 노린 태그뿐이었다.

아마 아카리를 후위 전문이라고 생각한 모양이지만, 그녀는 멋진 솜씨로 그 둘을 처리해 버렸다. 그 덕에 아카리도 경계의 대상이 되었으니 마디아스로서는 고마웠지만.

"괜찮아, 선배는 거기서 느긋하게 구경만 하고 있으면 돼."

미리 예상한 대로 이번 '봉황성무제'에 마디아스와 아카리가 조심해야 하는 강적은 거의 참가하지 않았다. 이제까지의 시합을 보면, 각 학교가 숨겨둔 카드나 다크호스격인 인물도 보이지 않는다. 준준결승까지 남은 태그도 '식무제'에서 싸운 자키루나 아라토 료에 비하면 귀여운 수준이었다.

"게다가 아직 몸이 좋지 않잖아? 얼버무려도 소용없어, 보면 알 수 있으니까."

"…고마워요."

아카리는 그렇게 말하고 미안하다는 듯이 눈을 내리깔았다.

마디아스와 처음 만났을 때도 그랬지만, 아카리는 가끔 비틀거리며 그 자리에 주저앉는다. 요즘은 왠지 더 자주 그런다.

치료원에서 진찰을 받아 봤더니 얀 콜베르 원장의 진단은 '성진력 적응장애'였다. '성맥세대' 특유의 질환인데, 그 이름대로 육체가 성진력에 대해 거부반응을 일으키는 것이라고 한다. 사람마다 증상은 천차만별이고 치료법은 없다. 시간이 경과하면서 완치되는 경우도 있고 악화되는 경우도 있다고 한다.

즉, 현재로서는 방법이 없다는 것이다.

그래도 무리하지 않는 게 최선이다. 승자 인터뷰도 마디아스가 나서서 기자들을 상대한 후에 대기실로 돌아가자, 거기에는 학생회장이 두 명을 기다리고 있었다.

"오, 훌륭하더군. 역시 내 눈은 틀리지 않았던 모양이야."

"별 말씀을."

마디아스는 노골적으로 싸늘한 태도로 대답했지만, 학생회장은 어지간히 기분이 좋은지 거기에 대해서 별말을 하지 않았다. 자신의 임기 내에 '성무제' 우승자를 낸다면 당연히 그 학생회장의 평가도 올라간다. 게다가 바로 그가 마디아스를 스카우트한 장본인이라는 점도 평가에 반영될 것이다.

"야치구사, 몸이 좋지 않다고 들었는데… 괜찮은가?"

"네, 덕분에요."

"그거 다행이군."

학생회장은 여전히 웃고 있었지만 안경 너머에선 눈이 날카롭게 빛나고 있었다.

"그런데… 오늘 이렇게 온 건 다른 이유가 아니야. 자네들한테 듣고 싶은 이야기가 있거든."

"이야기…?"

"그래, 앞으로 어떻게 할 건지."

학생회장은 거드름피우듯 말하더니 안경 위치를 고치면서 말했다.

"무사히 이번 '봉황성무제'에서 우승하고 나면 그 후에 자네들은 어떻게 할 건지 궁금해."

"아직 5회전이 끝났을 뿐인데, 어째 성급한걸."

"남은 선수들 중에 자네들을 상대할 만한 태그는 없잖나? 뭐, 가라드워스와 레볼프의 태그에는 순성황식무장 사용자가 있으니 조금 성가실지도 모르지만…. 그것도 야치구사가 있다면 어떻게든 될 테니까."

그거라면 마디아스도 동감이다. 만웅소가 정지한 세계에서 마디아스 태그를 쓰러뜨리려면 아마 지에롱의 '만유천라' 정도는 와야 할 것이다.

"하지만 앞으로 어떻게 할 거냐고 물어도…. 어차피 나한테는 '사취성무제'에도 나가라고 말하겠지?"

"당연하지. 자네는 이제부터 최대한 열심히 일해주지 않으면 곤란해."

마디아스가 농담을 섞어 대꾸하자 학생회장이 따가운 시선을 보냈다.

계약했으니 마디아스에게 거부권은 없다.

특대생의 계약은 기본적으로 졸업까지지만, 학교와 학생이 쌍방 합의를 한다면 대학부까지 연장할 수 있다. 실력이 드러나기 전에는 느긋하게 대학부까지 놀면서 때울 생각이었지만, 이렇게 된 이상 최대한 빨리 졸업하는 편이 나으리라. 그래도 마디아스는 지금 고등부 2학년이니 최소한 한 번은 더 '성무제'에 출전해야 한다. 즉, 내년 '사취성무제'다.

어차피 팀전에 나가더라도 마디아스가 어디까지 제대로 싸울지는 그때의 기분에 달렸다. 이번에는 아카리와 태그이기에 마디아스도 의욕을 내는 거니까.

"야치구사는?"

"저는… 아직 모르겠어요. 일단 이번 일이 끝나면 어머니를 한 번 만나고, 그 후에 천천히 생각해 보려고요."

아카리의 대답에 학생회장이 눈을 가늘게 떴다.

"그런가…. 역시 그렇게 되나. 흐음…."

"무슨 문제라도…?"

"아니, 아무것도 아니야. 그럼 이만 실례하지."

학생회장은 그렇게 말하고 가볍게 손을 흔들더니 대기실에서 나갔다.

"흐음…. 난 어떻게든 구슬려서 선배도 팀전에 끌어들일 거라고 생각했는데."

그 뒷모습을 바라보며 마디아스가 말하자, 아카리는 쓴웃음을 지으며 뺨을 긁적였다.

"내 능력은 팀전에는 잘 맞지 않으니까요."

확실히 아카리의 능력은 적뿐 아니라 아군에게까지 영향을 준다. 그래도 보통은 동등한 조건이라고 볼 수 있지만, 예를 들어 상대팀 편성이 지에롱의 권사 다섯이라면 상상도 하기 싫은 사태가 벌어질 것이다.

"…뭐, 상관없지. 그보다 선배, 내일은 조정일이라 시합도 없으니까 오랜만에 데이트라도 어때?"

마디아스가 가볍기 그지없는 말투로 말하자, 아카리는 예전과 달리 부드럽게 웃으며 고개를 끄덕였다.

"좋아요, 저라도 괜찮다면 함께하죠."

한여름의 하늘은 깊고 광활하다.

살갗을 찌르는 강한 햇빛과 엄청난 더위, 게다가 수상도시라서 그런지 습도도 괴로운 수준이다.

그래도 아카리는 외곽 거주구의 작은 공원을 데이트 장소로 선택했다.

"선배, 몸은 정말로 괜찮아?"

"괜찮아요. 이거 봐요, 양산도 쓰고 있잖아요?"

양산을 빙글빙글 돌리는 아카리는 웃고 있었지만, 땀이 맺혀 있다.

그나마 위안이라면 호수 쪽에서 불어오는 시원한 바람 정도일까.

"하지만 굳이 땡볕이 내려쬐는 날에 이런 아무것도 없는 공원에 오겠다니, 선배도 참 별나다고 할까…."

"뭐 어때요. 난 여기가 마음에 드는데요. 게다가 요즘은 어디를 가도 눈에 띄니까 시내는 그다지…."

'봉황성무제'에서 파죽지세의 행보를 이어가고 있는 마디아스 콤비는, 사전에 거의 정보가 없어서인지 유독 미디어에 자주 언급되었다. 지금은 이번 대회 최고의 화제라고 말해도 될 정도다.

어차피 매년 그런 식으로 유명해지는 선수가 나오는 게 '성무제'다. 소란스러운 것도 지금뿐이고, 내년에는 또 다른 선수가 주목과 갈채를 받게 되겠지. 혹시 연패나 그랜드슬램이라도 달성한다면 다르겠지만.

"아아, 역시 여기서 올려다보는 하늘은 기분이 좋네요."

양산을 내리고 아카리가 부드러운 표정으로 말했다.

그저 자연스럽게 하늘을 올려다보는 아카리의 모습에, 마디아스는 갑자기 눈길을 빼앗겼다. 벚꽃색 머리카락, 긴 속눈썹, 땀이 흐르는 하얀 피부, 계속 봐 왔는데도 그 순간 마디아스는 마치 시간이 멈춘 듯이 그 광경에 못 박혀 버렸다.

"마디아스? 왜 그래요?"

아카리가 그런 마디아스를 깨닫고 이상한지 고개를 갸웃거렸다.

"…아, 아냐. 선배가 정말 예뻐서."

"어머…!"

아카리는 순식간에 얼굴이 새빨개져서는 숨듯이 양산으로 얼굴을 가렸다.

"가, 갑자기 무슨 소리예요…!"

여전히 환락가에서 일한 경험이 있다는 게 믿기지 않을 만큼 순진한 반응이다.

아카리는 처음 만났을 때와 비교하면 꽤 많이 변했고, 그건 아마 좋은 일일 것이다. 그래도 이런 귀여운 면은 앞으로도 변하지 않으면 좋겠다고 제멋대로 바라게 된다.

'앞으로의 일이라….'

학생회장의 이야기 때문은 아니지만, 나중 일이라는 건 예전의 마디아스와는 인연이 멀다. 자란 환경이 그랬던 탓도 있지만, 애초에 전혀 흥미가 생기지 않았기 때문이다.

하지만 지금은….

"저기, 선배."

"네?"

마디아스가 부르자 아카리가 양산 그늘에서 반쯤 얼굴을 드러냈다. 아직 얼굴은 살짝 상기되어 있다.

"졸업하면 나랑 같이 살지 않을래?"

"…네?"

그러자 아카리는 아까보다 더 얼굴이 새빨개지더니 그대로 굳어 버렸다.

"선배?"

"으음, 그건….."

아카리는 잠시 시간이 흐른 후에야 겨우 입을 열더니, 갑자기 진지한 표정으로 말했다.

"예전에도 말했던 것 같은데… 나는 사람을 좋아한다는 게 뭔지 잘 몰라요."

"자신을 좋아할 수가 없으니까, 였던가?"

"…네."

그건 마디아스로서는 알 수 없는 감각이었다.

자신은 자신이고 타인은 타인이다. 좋고 싫음을 판단하는 데에 영향을 줄 정도로 그 둘이 연결되어 있다는 생각이 들지 않는다.

예를 들자면 마디아스는 자신을 좋아하지도 싫어하지도 않지만, 아카리는 좋아한다.

하지만 아카리에게는 아카리의 사고방식이 있을 것이다.

"하지만… 어쩌면 나도 변할 수 있을지 몰라요. 나는 나인 채로 있어도 괜찮다고, 그렇게 생각할 수 있을 때가 올지도 모르죠. 그래요, 예를 들어 이 '봉황성무제'에서 우승한다면, 그때는…."

아카리는 거기서 한 번 말을 끊고는 부끄러운지 작게 웃었다.

그렇게 말은 했지만, 아카리에게 '봉황성무제' 우승 따위는 아무 의미도 없다는 건 마디아스도 잘 안다. 아카리가 원하는 건 어머니의 사랑…까지는 기대하지도 않고 어머니가 조금이라도 자신의 존재를 인정해 주는 것이고, 어디까지나 '봉황성무제' 우승은 그 조건에 불과하다.

"그러니까 마디아스, 조금만 더 대답을 기다려 줄 수 있나요?"

"…좋아. 그렇다면야 금세 들을 수 있을 것 같은걸."

마디아스가 웃으면서 말하자, 아카리는 어딘지 토라진 표정으로 입술을 뾰로통하게 내밀었다.

"하여간 마디아스의 그런 자신감은 부럽다니까요."

그리고 실제로 그로부터 며칠 후에, 마디아스와 아카리는 별 다른 어려움 없이 '봉황성무제' 우승을 거머쥐었다.

*

비쳐드는 햇빛에 눈을 뜨니 오른팔이 무거웠다.

고개를 움직이자, 눈앞에 편안한 숨소리를 내며 자는 아카리의 얼굴이 있었다.

"……."

마디아스는 잠깐 놀랐다가 작게 한숨을 내쉬고, 아카리가 깨지 않도록 조심스럽게 오른팔을 뺐다.

하지만.

"으음…."

천천히 눈을 뜬 아카리와 눈이 마주쳤다.

"좋은 아침이야, 선배."

어쩔 수 없이 말을 걸자 아카리는 멍하니 입을 열려다가….

"헉!"

갑자기 눈을 휘둥그레 뜨더니 허둥지둥 이불 속에 숨었다.

"조… 좋은 아침…이에요…."

기어들어가는 목소리에 웃음을 지으며 마디아스는 침대에서 나왔다.

호텔 엘나스의 스위트룸. 어젯밤에는 마디아스와 아카리의

'봉황성무제' 우승 축하회가 이 호텔에서 열렸다. 긴가의 높은 분들에게 인사하러 다니는 등 부담스러운 자리였지만, 일부러 이렇게 방을 준비해 준 건 고맙다. 사실 당연한 얘기지만 원래 아카리의 방은 옆방이다.

"커피라도 끓여 올까?"

재빨리 옷을 입고 말하자 침대 속에서 아까보다는 조금 커진 목소리가 들렸다.

"…부탁할게요."

역시 애스터리스크 굴지의 고급 호텔이라서인지 비치된 커피도 인스턴트가 아니었다. 마디아스는 고급스러운 커피 메이커를 조작하면서, 등 뒤에서 아카리가 침대에서 빠져나와 파우더룸으로 향하는 걸 눈치챘지만 굳이 그쪽을 보진 않았다.

잠시 후에 옷을 갖춰 입은 아카리가 어딘지 긴장한 표정으로 돌아왔다.

"여기."

"고, 고마워요."

아카리는 컵을 받아 입으로 가져갔다.

"맛있다…."

마디아스가 아무 말 없이 침대에 앉자 아카리도 그 옆에 가만히 앉았다.

둘 다 아무 말 하지 않았지만, 그래도 뭔가가 스르륵 풀려나

가는 걸 알 수 있었다.

아카리가 마디아스의 어깨에 머리를 맡기듯 가만히 기댔다.

뭔가를 할 생각도, 뭔가를 말할 생각도 없었지만 그건 너무나 마음이 편안해지는 시간이었다.

생각해 보면 다른 사람이 옆에 있는데도 숙면을 취할 수 있었던 건 어젯밤이 처음일지도 모른다.

단적으로 말하면, 그건 마디아스가 태어나서 처음으로 얻은 안식이었다.

"저기….."

이윽고 마디아스가 입을 열었다.

"선배, 바람으로 뭘 말할지 정했어?"

'성무제' 우승자는 그 포상으로 통합기업재체에 뭐든 원하는 바를 단 한 가지 요구할 수 있다.

뭐든, 이라고 해도 물론 마법이 아니니 불가능한 일도 많다. 죽은 사람을 살려낼 수도 없고 사람의 마음을 바꾸기도 힘들다(돈의 힘으로 해내는 경우도 없지는 않지만). 어디까지나 통합기업재체에게 가능한 범위 내라는 전제는 있지만, 실질적으로 세계를 지배하는 통합기업재체가 해주겠다면 역시 현실적인 범위에서는 '뭐든'이라는 표현이 큰 문제는 없을 것이다.

"…마디아스는 어떤가요?"

그러자 아카리는 질문에 질문으로 대답했다.

아카리답지 않은 행동이지만, 일단 대답하기로 했다.

"아니, 난 아직 생각 안 했어."

욕심이 없는 건 아니지만 딱히 떠오르는 게 없다. 정 할 게 없으면 돈으로 받을까 싶지만, 당연히 이 경우에도 상한은 정해져 있다. 지급을 일시불로 할지 분할로 할지에 따라 금액도 달라지니 이건 이것대로 고민스럽다.

"하지만 그렇게 말하는 걸 보면, 혹시 선배는…?"

"후훗…. 네, 정했어요."

장난스럽게 웃으며 아카리가 살짝 자랑하듯 말했다.

"혼자만 정하다니 치사해. 대체 어느 틈에 정했어?"

"바로 어제예요."

"오오…. 대체 어떤 바람인데?"

"그건… 비밀이에요."

단호한 대답에 당황하는 마디아스를 보며 아카리가 어깨를 떨면서 웃었다.

"후훗, 거짓말이에요. 농담이에요. 그런 얼굴 하지 말아요."

어지간히 표정이 이상했는지 아카리는 잠시 그러고 웃다가, 겨우 진정되었을 때쯤에 입을 열었다.

"내 바람은요…."

그렇게 말하려던 차에 아카리의 휴대단말기가 착신을 알렸다.

그래서 마디아스는 이때 아카리가 말하려던 바람이 뭔지 듣지 못했다.

그 후에도, 내내, 영원히.

[이른 아침에 미안하네, 야치구사. 급하게 전할 말이 있거든.]

음성통화 모드인 공간 윈도에서 들린 건 학생회장의 목소리였다.

"아, 네⋯. 무슨 일이시죠?"

[아, 음, 마음 단단히 먹고 들어주면 좋겠는데⋯. 자네의 어머니께서 돌아가셨다는군.]

그 순간, 아카리의 표정이 얼어붙었다.

"네⋯?"

아카리의 손에서 컵이 미끄러져 떨어지고, 카펫에 검은 얼룩이 번졌다.

[곧바로 본가로 가도록 하게. 외출 신청은 이쪽에서 끝내뒀으니까.]

"저, 저기, 잠깐만요⋯. 어머니가⋯ 뭐라고요⋯?"

아카리는 넋이 나가 아직 사태를 받아들이지 못하는 듯했다.

마디아스는 그녀의 어깨를 감싸 안고 아무것도 보이지 않는 공간 윈도를 노려보며 말했다.

"어이, 회장. 대체 어떻게 된 일이지? 사정을 제대로 설명해 주면 좋겠는데."

[응? 마디아스 군도 있었나…. 아니, 나도 사정이고 뭐고 잘 모르겠어. 아까 듣기로는 아무래도 자살이라는 것 같던데….]

"자살…?"

아카리의 눈빛이 절망으로 물들었다.

"이 자식이!"

[아, 미, 미안하네. 아, 아무튼 자세한 이야기는 본가에 가서 듣는 편이 나을 거야.]

"…알았어. 그런 거라면 나도 동행하겠어."

마디아스도 아카리의 집안 사정과 애스터리스크에 오기까지의 경위는 들었다. 그러니 아카리를 혼자 보낼 수는 없다.

[아니, 그건… 안타깝지만 수속 문제로 힘드네. 자네도 잘 알겠지만 릿카 밖으로 나가려면 신청이 필요….]

"그 정도는 어떻게든 할 수…!"

마디아스가 거기까지 말했을 때, 어깨에 두른 손을 아카리가 가만히 어루만졌다.

"…나는 괜찮아요. 마디아스."

전혀 괜찮은 것 같지 않은 떨리는 목소리.

"선배, 그래도…."

"배려해 줘서 고마워요. 하지만… 이건 내 문제니까요."

그렇게 말하는 아카리의 얼굴은 울음도 웃음도 아닌 애매한 쓴웃음을 짓고 있었다.

결국 아카리는 혼자서 본가로 돌아갔다.

하지만 그 후로 전혀 연락이 없었다. 휴대단말기에 연락해도 연결되지 않고, 그러는 동안에 시간만 흘러갔다.

그리고 일주일 후, 마디아스는 학생회장의 호출로 집무실에 와 있었다.

집무실 창문 너머에는 당장이라도 비가 쏟아지려는지 시커먼 먹구름이 늦여름의 하늘을 뒤덮고 있었다.

"자네가 올린 외출 신청이 허가가 났네. …그런데 이제 와서 묻기도 그렇지만, 정말로 그녀가 있는 곳으로 갈 생각인가?"

"당연하지."

마디아스는 짧게 대답했다.

이러는 시간조차 아깝지만, 고작 신청 허가가 났다는 사실을 전하려고 마디아스를 불러내진 않았겠지. 마디아스가 말없이 재촉하자, 학생회장은 크게 한숨을 내쉬고 팔짱을 꼈다.

"뭐, 그건 말리지 않겠어…. 하지만 일단 충고하지. 소용없는 짓이라고."

"…무슨 의미지?"

마디아스는 위압감까지 드러내며 노려보았다.

학생회장은 식은땀을 흘리면서도 단호하게 말했다.

"어제부로 긴가는 야치구사의 바람을 수리했거든."

"헉!"

"'성무제' 우승자의 바람은 당사자가 공개 여부를 정할 수 있네. 야치구사는 자네에게만 그걸 전달해도 괜찮다는 조건을 달았지. 그러니 자네에게는 들을 권리가 있어. 어떻게 할 건가?"

마디아스가 고개를 끄덕이자, 학생회장은 헛기침하더니 입을 열었다.

"야치구사의 바람은 '이름도 얼굴도 호적도 바꾸고, 다른 인간이 되는 것'이었네."

"뭐…?!"

상상조차 하지 못한 내용에 마디아스도 할 말을 잃었다.

"본가에서 엄청난 일이 있었던 모양이야. 나도 이렇게 특이한 바람은 들어본 적이 없어."

"당신은 이유를 알고 있나?"

"글쎄…. 뭐, 짐작 정도는 할 수 있겠지. 아마도 어머님 문제와 관계가 있을 거야."

그 시시하기 짝이 없는 대답에 마디아스는 혀를 찼다.

그 정도는 마디아스도 상상할 수 있다.

문제는 아니, 그 전에.

"어떻게 해야 선배를 만날 수 있지?"

"그건 불가능해."

"…뭐라고?"

마디아스가 분노를 드러내며 한 걸음 앞으로 나서자, 학생회장은 두 손을 내밀고서 소리쳤다.

"나, 나를 협박해도 소용없어! 말했잖나, 이미 긴가는 그녀의 바람을 수리했다니까? 그 바람이 다른 사람이 되는 것이라면, 이미 야치구사 아카리라는 인간은 이 세상에 존재하지 않는다고! 자네도 알잖아! 통합기업재체가 그렇게 정했다면 누구도 뒤집을 수 없다는 걸!"

"…큭!"

화는 나지만 확실히 그 말이 맞다.

적어도 눈앞의 남자 정도로는 손쓸 방법이 없다는 건 사실이리라.

마디아스는 발걸음을 돌려 집무실을 뛰쳐나왔다.

아무튼 아카리의 본가부터 가보자. 아카리가 아직 거기에 있을 것 같지는 않지만, 사정을 안다면 행동도 추측할 수 있고 단서도 잡을 수 있을 것이다.

그렇게 생각하고 릿카 밖으로 나가기 위해 항구로 이동하려던 마디아스의 발이 딱 멈췄다.

세이도칸 학원 정문을 나섰을 때, 휴대단말기로 음성통화 착신이 왔기 때문이다.

상대의 이름은 표시되지 않았다. 그래도 마디아스는 직감했다.

"…선배?"

[……]

대답은 없었다.

하지만 확신했다. 틀림없다. 아카리다.

[…미안해요, 마디아스.]

'아아….'

작고 갈라진, 모든 것을 포기한 목소리.

그 목소리를 들은 순간에 마디아스는 이해하지 않을 수 없었다.

이미 마디아스는 아무것도 할 수 없다는 걸.

하늘에서 떨어진 빗방울이 힘없이 마디아스의 뺨을 적셨다.

천천히 비가 내리기 시작했다.

[나는… 틀렸어요. 틀려먹었어요. 나는 역시… 나라는 존재를 좋아해줄 수가 없었어요. 나는 넌더리가 날 정도로 어리석고 추하고…. 도저히 안 돼요.]

"…그렇구나."

그 말 말고는 무슨 소리를 해야 할지 알 수 없었다.

쏟아지는 비는 결코 강하지 않았다. 가랑비라고 말할 수준조차 되지 않고, 세상을 적시지도 못하는 애매모호한 비.

하지만 이 비는 당분간 그치지 않을 것이다.

어쩐지 마디아스는 그런 생각을 했다.

[미안해요, 마디아스⋯. 정말로 미안해요⋯.]

아카리의 목소리는 몇 번이나 거듭해서 사과하더니, 결국에는 뚝 하고 끊어졌다.

아까까지와 정반대로 마음이 싸늘하게 식는 걸 느꼈다. 동시에 강한 분노가 뱃속 깊은 곳에서 끓어오르는 걸 알 수 있었다.

마디아스는 놀라울 정도로 냉정하게 사고하기 시작했다.

그 분노를 쏟아낼 대상을 찾기 위해서.

*

한밤의 재개발 구역.

쭉 늘어선 폐허의 옥상을 어느 실루엣 하나가 달려가고 있었다.

구름은 짙고 달빛도 없다. 재개발 구역은 가로등도 없으니 빛은 저 멀리 상업 구역의 마천루에서 뿜어내는 광채가 미약하게 닿는 정도다.

하지만 그 실루엣은 갑자기 멈춰 서서 비웃음이 담긴 목소리로 말했다.

"어이, 어디의 누구인지는 모르겠지만 살기가 줄줄 새고 있거든? 그래서야 습격하는 의미가 없잖아?"

그 목소리를 듣고 마디아스는 폐허가 드리운 그늘에서 가만히 모습을 드러냈다.

어차피 살기는 일부러 알아차리라고 노출시킨 것이다. 그대로 지나쳐 버린다면 의미가 없으니까.

"어엉? 어느 첩보기관의 잔챙이가 시비를 거나 생각했더니, 우리 학교 학생이잖아. 아… 이름이 뭐더라, 마디아스 메사라고 했던가."

그 실루엣은 일부러 그렇게 말하며 후드 안쪽에서 큭큭거리며 웃었다.

물론 자기 소속 학교에서 배출한 '봉황성무제' 우승자의 얼굴을 기억하지 못하는 첩보공작원이 있을 리 없다. 어두운 일만 하며 살아가는 녀석들에게선 흔한 경우인데, 상당히 성격이 뒤틀린 듯했다.

"…그러는 너는 카게보시의 란타나, 맞지?"

"글쎄, 과연 어떨까?"

시치미를 떼듯 어깨를 으쓱하는 후드 남자.

뭐, 순순히 대답할 리도 없다.

"한 번은 얼굴을 마주한 적이 있는데, 그때는 거울이라도 보는 느낌이었지."

"유감스럽게도 진짜 내 얼굴 같은 건 한참 전에 잊어버려서 말이야."

후드 남자 란타나는 농담하듯 그렇게 말하더니 후드 안쪽에서 예리한 눈을 빛냈다.

　궁정은 하지 않지만 굳이 부정하지도 않는다. 이쪽이 어느 정도는 조사하고 왔다는 걸 아는 듯했다.

　실제로도 마디아스는 란타나의, 카게보시의 행동을 조사했다. 어떤 방법을 썼느냐면, '식무제'에 출전하던 때의 연줄을 동원한 것이다. 다시는 얽힐 일이 없다고 생각했던 이 도시의 어두운 면이지만, 거기에는 뒷세계에서 이름이 통하는 인간이 잔뜩 있으니 이런 때에는 도움이 되었다. 그 탓에 마디아스는 이제까지 조금씩 모아둔 돈을 전부 써버리고 다시 그 잔혹 쇼에 출전하는 신세가 되었지만.

　"아무튼 나한테 무슨 용건이지? 카게보시에 의뢰하고 싶은 일이 있으면 학생회에 얘기해 주지 않으면 곤란한데."

　"아니, 굳이 바쁘신 회장님을 귀찮게 할 필요까진 없는 일이거든. 너한테 뭘 좀 물어보고 싶을 뿐이니까."

　"어이, 무슨 문제인지는 모르겠지만 특수공작원인 내가 '아, 그렇게 하십쇼'라고 말할 거라고 믿냐?"

　"그럴 리가 있나."

　그렇게 말하면서 마디아스는 허리의 홀더에서 꺼낸 검형 황식무장의 발동체를 기동했다.

　"하핫! 힘으로 해보겠다고?! 배짱 한번 좋은데!"

　거기에 반응해, 곧바로 뒤로 뛰며 거리를 두는 란타나.

"'봉황성무제' 우승자입네 뭐네 해도 너무 우쭐한 거 아니냐? 시합에 나가서 쇼나 펼치는 놈들이랑 뒷세계에서 살아가는 우리 정예는 애초에 싸우는 방식부터가….'"

"물론 잘 알지."

"허억?!"

다음 순간 이미 마디아스는 란타나의 등 뒤에 서 있었다. 황식무장의 날이 어둠 속에서 번쩍이자 란타나의 양 팔다리는 그대로 건이 끊어져 버렸다.

"크…억!"

"그럼 슬슬 질문을 시작해 볼까."

엎어진 자세로 쓰러진 란타나를 마디아스는 차가운 눈으로 내려다보며 말했다.

"만약 대답하지 않는다면?"

"너를 죽여야지."

"히히, 무섭네, 무서워."

마디아스가 대답하자 란타나는 코웃음을 쳤다.

"농담하는 것 같아?"

"아냐, 물론 믿지. 하지만 질문에 내가 대답하더라도 죽지 않는다는 보장은 없잖아?"

마디아스는 시간을 확인한 후에 란타나에게 말했다.

"이제부터 너희 카게보시는 임무를 수행하러 가지? 정시까지 모이지 않으면 동료들이 찾으러 오지 않겠어? 위치 정보는 서로 파악하고 있을 테니, 그래… 길어봐야 앞으로 5분 정도일까. 그러면 살 수 있을지도 모르겠네. 어때? 시간을 벌어보고 싶다는 생각이 들지 않아?"

"…이 자식, 거기까지 고려해서 나를 노린 거야."

놀라는 한편으로 어이없어하는 란타나의 목소리.

그리고 잠시(기껏해야 이삼 초 정도였지만) 고민하더니 포기한 듯이 말했다.

"좋아, 그렇게 하지. 대체 묻고 싶은 게 뭔데?"

"야치구사 아카리와 그 어머니에 대해서."

"크큭, 그럴 줄 알았어."

란타나는 얼굴만 움직여 마디아스를 올려다보며 웃었다.

"그 문제로 나를 잡다가 이러는 걸 보면 이미 어지간한 건 다 파악하고 있겠지?"

"처음으로 의심했던 건 '봉황성무제' 출전을 권유하면서 학생회장이 자신만만하게 야치구사 가와 선배의 어머니를 설득하겠다고 말했을 때야. 전자는 이해할 수 있지. 선배한테 들은 바로는 야치구사 가의 사람들은 불만을 쏟아낼 대상을 선배로 정했을 뿐이니까. 그걸 넘어선 대가가 주어진다면 간단히 변절할 거야. 하지만…"

"그래. 그 어머니는 달라. 그녀는 야치구사 아카리를 진심으로 싫어했어. 생리적인 혐오라는 게 있잖아? 야치구사 아카리를 낳았다는 사실을 죽을 만큼 후회하고, 공포에 떨고, 증오하더군. 어떤 식으로 구슬리더라도 그런 인간을 설득할 수는 없어. 회장 각하도 그건 잘 알고 있었고."

"그렇다면 역시 그날 선배가 대화했다는 어머니는⋯."

"나다. 잘 알겠지만 그런 능력자니까."

란타나는 순순히 그 사실을 인정했다.

"내 복사능력은 흔히 굴러다니는 삼류의 능력과는 차원이 다르거든. 다소 귀찮은 조건을 갖춰야 하지만, 마음만 먹으면 외모나 능력뿐 아니라 대상의 기억이나 감정까지 복사할 수 있지. 뭐, 나 자신에게도 영향이 오니까 어지간해선 안 하지만."

그런 거였나. 그렇다면 아카리가 속은 것도 무리가 아니다.

공간 윈도 너머인 데다, 아카리 본인도 몇 년이나 만나지 못했다는 점도 크게 작용했겠고.

"그래서 나는 아주 잘 알아. 그 어머니란 사람은 야치구사 아카리의 존재 자체를 용납할 수 없었다는 걸. 그런 존재가 '성무제'에서 활약하고 널리 세간에 인정받는다면 고통을 견디기 힘들었을 거야. 게다가 너희는 하필 **우승까지 해 버렸잖아**. 전 세계의 수많은 사람들이 야치구사 아카리를 알고, 온갖 미디어에서 떠들어댔지. 목이라도 매달고 싶은 기분이 드는 것도 당연해."

"······!"

"아, 잠깐! 미리 말해 두겠는데 나는 그저 일이라서 했을 뿐이거든?"

마디아스의 분노를 느꼈는지 란타나가 그런 말을 덧붙였다.

"뭐, 학생회장 각하는 조금은 더 속일 수 있을 거라고 생각했던 것 같지만. 상황을 봐서 어머니의 죽음을 숨기고 나를 대리로 세워 얼버무리려는 계획도 세웠던 모양이야. 하지만 야치구사 아카리의 능력은 강력하긴 해도 다루기 힘들고, 무엇보다 성진력 적응장애가 악화되고 있었어. 그렇게까지 할 가치는 없다고 단념했을 거야. 비용 대비 효과란 게 있잖아? 아니면 너하나로도 충분하다고 여겼을지 모르고."

란타나는 말이 많았다. 아마 시간이 지나도 동료가 오지 않아서 다급해진 듯했다.

"그렇군. 이제 좀 알겠어."

"자, 잠깐만! 나한테 묻고 싶은 건 없어? 서비스해줄게, 지금이라면 뭐든 말해주겠어. 어때···?"

"이제 충분해. 그 대신에 나도 한 가지 좋은 걸 알려주지."

마디아스는 몸을 숙이더니, 란타나의 귓가에 대고 담담히 말했다.

"아무리 기다려도 네 동료는 안 와. 아니, 못 오는 거지만."

"뭐···?"

그 말이 무슨 뜻인지 곧바로 깨닫지 못했는지, 란타나는 멍한 표정으로 굳었다.

"그럼 안녕."

"그, 그만…! 이런 짓을 했다간 학생회장 각하가, 긴가가 잠자코 있을 리…."

란타나의 아우성을 마지막까지 듣지도 않고, 마디아스는 손에 든 광인을 천천히 그의 심장에 꽂았다.

"뭐 어때서 그래? 특수공작원이 임무에 실패해서 귀환하지 못하는 정도는 흔히 있는 일이잖아?"

그 말에 대답은 없었다.

이미 란타나는 숨이 끊어졌기 때문이다.

"게다가… 들켜도 딱히 상관은 없어. 그래, 그런 건 하나부터 열까지 아무 상관 없다고."

마디아스는 혼자 서서 그렇게 중얼거렸다.

고개를 드니 무겁고 캄캄한 밤하늘에는 별 하나 보이지 않았다.

일단 복수를 끝마쳤는데도 마디아스의 뱃속 깊은 곳에서 타오르는 분노는 전혀 잦아들 낌새가 없었다. 이어서 학생회장을 죽이고, 그다음에는 야치구사 가의 늙은이들을 죽여 버리면 조금은 기분이 풀릴까.

아마 무리겠지.

이 분노는 야치구사 아카리라는 존재를 죽인 진정한 상대에게 복수할 때까지 사라지지 않을 것이다. 그것은 아카리를 궁지에 몰아넣은 야치구사 가도, 아카리를 이용한 학생회장도, 긴가도 아니다. '성맥세대'를 차별하는 일반인들도, 그런 일반인들의 눈치만 보는 '성맥세대'들도 아니다. 그 세계의 축소판이나 다름없는 이 모형정원 같은 도시도, 그곳에서 아카리에게 무의미한 희망을 줘버린 자신도 아니다(그랬다면 얼마나 편했을까).

그렇다. 마디아스가 진정으로 복수해야 하는 상대는….

"바로 그걸세. 실로 논리적인 결론이야."

"읔!"

갑자기 들린 그 목소리에 마디아스는 퍼뜩 놀라 고개를 돌렸다.

거기에 있는 사람은 양복 차림의 중년 남성과 한밤에도 빛나는 듯한 은발을 가진 소년이었다.

설마 마디아스가 조금도 기척을 느끼지 못하고 등 뒤를 잡힐 줄이야.

"너희는… 아니, 그보다 지금 설마… 내 마음을 읽은 건가?"

"호오. 눈치도 빠르군. 어떤가, 에크나트. 쓸 만한가?"

양복을 입은 남자가 무표정하게 물으며 소년을 보았다.

"네, 역시 발다네요. 대단한 발굴인걸요. 조만간 인간 동료를 만들 필요가 있다고는 생각했지만, 설마 이렇게 빨리 찾아낼 줄은 몰랐어요."

소년도 구김살 없는 표정으로 방긋방긋 웃으며 양복 차림의 남자를 바라보았다.

마디아스는 조심스럽게 간격을 재면서 직감했다.

이 둘은 인간이 아니다. 예전에 지에롱의 '만유천라'와 맞닥뜨렸을 때도 비슷한 감각을 느꼈지만, 그래도 그나마 인간에 가까웠다.

하지만 눈앞의 둘은 근본적으로 뭔가가 다르다.

"정확히 봤네. 우리는 인간이 아니야."

발다라고 불린 양복 차림의 남자가 이번에도 전혀 감정이 없는 목소리로 말했다.

그 양복 속에서 뭔가가 어둠보다도 짙고 검은 빛을 발하고 있었다.

"너희가 누구인지는 모르겠지만, 멋대로 남의 마음속을 들여다보는 건 그만두지? 다음엔 말로만 넘어가진 않겠어."

마디아스는 황식무장을 발다에게 겨누며 낮은 목소리로 경고했다.

"이거 실례했습니다. 그러네요, 그 말이 맞아요."

"주의하지."

그러자 의외로 둘은 순순히 고개를 끄덕였다.

"우리는 당신과 적대할 생각은 없습니다. 오히려 동료…. 아니, 같은 미래를 목표로 하는 동지라고 생각해 주십시오."

"동지…?"

의아하다는 듯이 눈살을 찌푸리는 마디아스에게 여전히 웃는 얼굴로 에크나트가 두 손을 펼쳤다.

"보다 정확히 말하자면… 당신이 그 분노로 모든 것을 태워버린 후의 세상을 바라는 자입니다."

이것이 마디아스와 '발다=바오스', 그리고 에크나트와의 만남이었다.

그렇다.

마디아스의 싸움은 전부 여기서 시작되었다.

*

'성무제' 운영위원회 본부, 위원장 집무실.

'성무제' 운영위원장 마디아스 메사는 그 창문으로 릿카의 하늘을 바라보고 있었다.

먼 옛날에 올려다본 하늘처럼, 두꺼운 구름이 달도 별도 완전히 덮어버렸다. 내일은 드디어 준결승인데 날씨가 이렇다면 공교롭게도 비가 내릴지도 모르겠다. 마치 그날처럼.

어차피 그 정도로는 관객들의 열광에 찬물을 끼얹는 일도,

마디아스의 분노를 진정시키는 일도 불가능하리라.

눈부시게 빛나는 마천루도 이게 마지막이다.

슬슬 여기서 나가지 않으면 헬가와 경비대가 들이닥칠 것이다.

당장 이것들을 포기하는 순간이 되었는데도, 오랜 세월 시간을 보낸 이 방에도 운영위원장 업무에도 아무런 감개가 느껴지지 않는다는 데에 마디아스 스스로도 조금 놀라고 있었다.

결국 마디아스 메사라는 인간은 그날로부터 조금도 변하지 않은 것이다.

감정적이고 어리석었던, 그날의 모습 그대로.

이미 그때의 학생회장도, 야치구사 가의 노인들도 이 세상에 없다. 란타나처럼 마디아스가 직접 숨통을 끊진 않았지만, 그렇게 되도록 손을 쓴 사람은 역시 마디아스였다. 역시 그런다고 개운한 기분이 들진 않았지만, 단순한 매듭짓기 같은 거라고나 할까.

"그럼 이게 마지막 일이 되려나."

마디아스가 집무용 책상의 단말기를 만지자 공간 윈도가 펼쳐졌다.

거기에는 준결승에 진출한 어느 선수가 보낸 기권 신청이 마디아스에게 보고되어 있었다.

마디아스가 이것을 승인하면 내일 준결승 제1시합은 열리지 않게 된다.

그래서 마디아스는 신청을 불허한 후에 부하에게 재조정을 명령했다.

이건 딱히 드문 일이 아니다.

흥행에 영향을 주는 시합에선 운영위원장이 선수나 학교를 설득하려고 나서는 경우가 자주 있다. 어차피 시간제한이 있으니 그때까지 마음을 바꾸지 않는다면 역시 강제로 출전시킬 수는 없다.

그리고 아마 이대로는 아무리 설득해도 소용이 없겠지.

"…그래, 어디까지나 이대로는."

마디아스는 희미하게 웃고, 휴대단말기를 꺼내 어느 번호로 전화를 걸었다.

"여어, 오랜만이야. 잠깐 시간 있나?"

제7장

준결승 제1시합

"어째서 네가 여기에 있지?"

유리스는 스스로도 놀랄 정도로 차갑고 낮은 목소리로 물었다.

스테이지에서 마주 보고 있는 사람은 다른 누구도 아니었다.

"대답해, 아야토."

"…유리스."

한편으로 아야토는 침통한 표정으로 유리스를 바라보고 있다.

[드디어 날이 밝았습니다! 공전절후의 흥행가도를 달리고 있는 이번 '왕룡성무제'도 이제 세 경기만이 남았는데요! 게다가 준결승에 진출한 네 선수 중 놀랍게도 세 명이 세이도칸 소속입니다! 크으, 게다가 그 셋이 '사취성무제'에서 함께 우승한 팀메이트라니, 그야말로 세이도칸 황금시대가 도래했다고 말해도 과언이 아니겠지요!]

[예전에 지에롱, 가라드워스도 긴 황금시대를 누린 적이 있는데, 세이도칸이 과연 그것을 이룰 수 있을지는 내년 이후를 주목해 봐야겠지.]

[놀라운 점 하나 더! 다들 아시겠지만 이번 준결승에서 맞붙는 '무라쿠모' 아마기리 아야토 선수와 '화염의 마녀' 유리스=알렉시아 폰 리스펠트 선수는 함께 '봉황성무제' 우승을 달성한 콤비이기에, 어느 쪽도 사상 두 번째 그랜드슬램을 달성할 가능성을 가지고 있습니다! 둘 중 한 명이 여기서 탈락하는 게 아

쉽군요!]

[이 두 사람은 아마기리 아야토 선수가 전학 온 첫날에 결투한 기록이 있는데, 그때는 일단 무승부로 끝났어. 뭐, 2년도 더 된 데이터니까 크게 참고는 되지 않지만. 그래도 종합적으로 평가했을 때 아마기리 아야토 선수가 유리하다는 건 분명한….]

회장에 울려 퍼지는 아나운서와 해설자의 목소리도, 거대한 환성도, 이미 유리스의 귀에는 들어오지 않았다.

그 모두가 지금의 유리스에게는 알 바 아닌 문제니까.

서로 마이크는 꺼뒀다. 대화 내용이 들릴 걱정은 없다.

"네 누님은 무사히 위험에서 벗어났다고 들었다. 그렇다면 넌 이미 이 '왕룡성무제'에서 싸울 이유가 없지 않나?"

하루카의 몸속에 박혀 있던 '적하의 마검'의 파편이 제거되었다는 건 엘리엇에게서 들었다. 그렇기에 유리스는 아야토가 게이트에서 모습을 드러내기 직전까지만 해도 그가 기권할 거라고 믿고 있었다.

"네가 그랜드슬램의 영광에 홀릴 거라고는 생각하지 않고, 만에 하나 그렇다고 해도 나한테 그걸 비난할 권리는 없어. 네가 막아선다면 나는 쓰러뜨릴 뿐이야. 그래도… 적어도 이유라도 듣고 싶다."

유리스가 노려보자 아야토는 살짝 부드러워진 표정으로 말했다.

"역시… 의뢰주라는 건 너였구나, 유리스."

"……."

유리스는 그 말에 일부러 대답하지 않았다.

엘리엇은 약속대로 비밀을 지켜주었지만, 어차피 유리스는 금세 들킬 걸 알고 있었다. 하루카의 사정을 아는 사람은 얼마 없으니 당연한 일이다.

그래도 자신이라고 밝히지 않는 건 양심의 가책 때문이다.

물론 유리스도 하루카를 구하겠다는 마음으로 한 행동이지만, 만약 일이 잘 풀리면 아야토가 시합을 기권할지 모른다는 기대감이 아예 없었다고는 할 수 없다. 혹시라도 그 일에 대해 아야토가 고맙다고 말한다면, 그건 유리스로서는 견디기 힘든 일이다.

"고마워, 유리스. 덕분에 누나는 위험에서 벗어났어."

그런데도 아야토는 그렇게 말하며 고개를 숙였다.

지금의 유리스에겐 그 올곧음이 그저 괴롭기만 했다.

"질문에 대답이나 해라, 아야토."

유리스는 그래도 아야토의 인사에 대답하지 않고 그렇게 말했다.

아야토도 그걸 깨달았는지 다시 심각한 표정으로 돌아갔다.

"그 전에 나도 하나 묻고 싶어. 대답에 따라서는 지금 당장

기권해도 괜찮아."

"뭐라고?"

"유리스, 네가 그녀를… 오펠리아 란드루펜의 목숨을 빼앗으려 한다는 게 사실이야?"

"……!"

그 말에 유리스는 저도 모르게 주저했다.

"네가 어떻게 그걸…."

거기까지 말하고는 허둥지둥 자기 입을 막았지만 이미 늦었다. 이래서야 사실이라고 인정해 버린 거나 마찬가지다.

"…정말이구나?"

아야토는 유리스를 말없이 바라보고 있었다.

"그래, 그 말이 맞아."

어쩔 수 없이 유리스는 고개를 끄덕였다.

어차피 유리스가 어떤 식으로 말해도 아야토는 거짓임을 간파할 것이다. 아야토는 2년 넘게 파트너로서, 팀메이트로서 가장 가까이에서 유리스를 봐 왔으니 얼버무려 봐야 통하지 않는다.

"그렇다면 나는 그걸 막아야만 해."

"나에게 절대로 물러설 수 없는 간절한 이유가 있다고 해도?"

"응. 그래도 나는 막아야겠어."

"…뭐, 너라면 그렇게 말하겠지."

이유는 알았다. 이래서야 납득하는 수밖에 없다.

아마기리 아야토는 그런 남자니까.

"하나 물어볼 게 있다. 누가 그걸 너한테 알려줬지?"

"어젯밤에 '처형도'한테서 연락이 왔거든."

"'처형도'라고…?"

목적이 뭔지는 모르겠지만, 역시 오펠리아까지 포함해서 모든 건 뒤에서 연결되어 있는 모양이다.

물론 그렇다 해도 유리스가 해야 하는 일에는 변함이 없다.

"유리스, 이유를 알려준다면 나도 힘이…."

"아쉽지만 그건 무리야."

비통함이 느껴지는 아야토의 질문에 유리스는 고개를 가로저었다.

아야토의 배려심은 고맙지만, 오펠리아가 유리스를 지명했으니 누구도 그 사이에 끼어들 여지는 없다. 그러는 시점에 결정적인 파멸이 일어날 테니까.

유리스가 다행이라고 느끼는 건, 만약 여기서 아야토가 패배하더라도 하루카가 목숨을 잃는 최악의 가능성은 사라졌다는 것이다. 이제 거리낌 없이 싸울 수 있다.

소중한 사람을 잃는 건 유리스만으로 충분하다.

"나를 막고 싶다면 진지하게 덤벼라, 아야토. 나는 전력으로 싸울 테니까."

"…알았어."

유리스가 황식원격유도무장을 전개하고, 아야토가 '흑로의 마검'을 기동시켰다.

그리고 잠시 후, 시합 시작을 알리는 신호가 울렸다.

*

어젯밤에 슬슬 아야토가 잠을 자려고 했을 때, 에이시로가 방으로 돌아왔다.

"하아~ 진~짜 피곤해 죽겠다."

평소와 똑같은 말투지만, 눈 밑이 거뭇거뭇한 데다 뺨도 푹 패여 척 봐도 피로에 절어 있다는 인상이었다.

"오랜만이야, 에이시로. 엄청 피곤해 보이네."

"회장님이 사람을 너무 막 굴리거든. 숨 돌릴 틈도 없이 일이 계속해서 밀려들어 오고, 이제는 회장님 어머니까지 나를 들들 볶는다니까…."

그대로 침대에 풀썩 엎어지는 에이시로.

지금 에이시로는 카게보시가 아니라 학생회장 클로디아와 그 어머니 이자벨라의 직할 첩보원으로서 여기저기 뛰어다니며 금지편 동맹의 정보를 모으고 있다고 한다. 극비임무라서 카게보시를 쓰지 못하는 만큼 에이시로의 부담이 커지는 건 당연하다면 당연할지도 모르겠다.

"그나저나 하루카 누님 문제는 어떻게 해결하는 데에 성공했다며? 다행이다, 정말 다행이야."

"그래, 걱정해준 덕분이야."

"그럼 내일 준결승은 물 건너간 건가? 히히, 너랑 공주님의 정면대결을 기대하던 전 세계의 '성무제' 팬들이 실망해서 눈물을 흘리겠는걸."

침대 위에서 어깨를 들썩이는 에이시로.

"유리스의 목적이 뭔지는 몰라도 내가 방해하면 안 되니까. …각오도 엄청난 것 같고."

"미안해. 나한테 여력이 있다면 그쪽도 한번 알아봤을 텐데…."

"아냐, 너한테는 네 임무가 있으니까 어쩔 수 없지."

배려는 고맙지만, 마음만으로도 충분하다.

"아무튼 이제 나도 금지편 동맹에 전력으로 매달릴 수 있어. 조금은 네 부담을 덜어줄 수 있지 않을까?"

"크으, 고마운 소리를 다 하는걸. 그럼 벌써 기권 신청은 수리됐어?"

"그게… 클로디아한테 맡겼는데 아직 허가가 나지 않았대."

기권이 인정되면 클로디아가 연락할 텐데, 이미 밤이 늦었는데도 전혀 소식이 없다. 이야기로는 들었지만, 상당히 난항을

겪고 있는 것 같다.

"뭐, 너는 출전이 불가능할 정도로 부상이 심하지도 않고, 게다가 주목도가 높은 경기니까 운영진에서 꺼릴 만도 하지. 사사미야라면 모를까."

에이시로가 말한 대로, 사야는 두 팔을 상당히 심하게 다쳤다고 한다. 시합 후에 곧바로 치료원에서 치료를 받았다고는 하는데, 특히 오른팔은 거의 움직이지 못하는 상태라고 들었다.

사야가 내일 준결승에 출전할지, 아야토는 아직 그 여부를 듣지 못했다.

만약 사야가 기권하게 된다면 준결승은 아예 열리지 않을 가능성마저 생긴다. 운영진은 그것만은 피하고 싶을 것이다.

게다가 '처형도'가 마디아스 메사라면 아야토를 협박하면서까지 '왕룡성무제'에 출전시킨 장본인이 운영위원회의 수장이라는 뜻이다. 순순히 승인해 주지 않을 만도 하다.

"뭐, 어차피 운영진이 반대하든 말든 내가 내일 회장에 가지 않으면 그만…."

아야토가 거기까지 말한 순간에, 베갯머리에 놓아둔 휴대단말기가 작게 떨렸다.

확인해 보니 발신자 번호는 비공개였다.

아야토가 이상하게 생각하면서 착신에 응하자, 음성통신용 공간 윈도가 열리고 귀에 익은 느긋한 목소리가 들렸다.

[여어, 오랜만이야. 잠깐 시간 있나?]

"헉! …'처형도'!"

반쯤 반사적으로 입에 담은 그 이름에 에이시로도 눈을 휘둥
그레 떴다.

"뭐…? 진짜로…?!"

[준결승 진출 축하하네. 우메노코지 후유카는 상당한 강적이
었을 텐데 참 대단해. 이제는 '흑로의 마검'을 완벽하게 다루게
된 모양이더군.]

"무슨 일로 전화했지? '처형도'. 아니, 마디아스 메사."

지금이라면 분명히 알 수 있다. 이 목소리, 이 말투, '처형도'
와 마디아스 메사는 틀림없이 동일인물이다. 그 이전에 어째서
이제까지 몰랐는지 이상할 정도였다.

'인식 소외의 영향이 없기 때문인가…?'

아무리 '발다＝바오스'라 해도 공간 윈도 너머로는 능력을
발휘하지 못하는 것이겠지.

[응? 대체 무슨 소리지?]

그래도 '처형도' 마디아스는 노골적으로 시치미를 떼고 있다.
인식 소외가 통하지 않는다는 건 당연히 알 테니 일부러 그러
는 게 확실하다.

[후훗, 뭐, 상관없어. 용건은 단 하나, 자네는 내일 준결승에

기권하려는 것 같던데… 다시 생각해 주면 좋겠어.]

"거절한다."

아야토는 당연히 거절했다.

"네가 깨닫지 못했을 리 없잖아? '적하의 마검'의 파편은 이미 누나의 몸에서 제거되었어. 이제 협박은 안 통한다."

[아아, 그렇고말고. 하여간 너희 남매는 누나든 동생이든 너무 손이 많이 가. 덕분에 나도… 아니, 마디아스 메사 위원장도 예정이 어긋나서 상당히 고생하고 있더군. 후후, 후후후!]

마디아스는 그렇게 말하며 작게 웃었다.

"장난이나 치려고 전화한 건가?"

[무슨 소리. 내가 지금 얼마나 진지한데. 아무튼 그 탓에 마디아스 메사 위원장은 조금 더 일찍 모습을 감춰야 하는 신세가 되었거든.]

"……!"

도망칠 생각인가.

하루카와 헬가가 마디아스 메사의 꼬리를 잡았다는 이야기는 이미 아야토도 들었다. 하지만 이런 타이밍에 도망친다면 모든 게 허사로 돌아가 버린다.

아야토가 눈짓하자 에이시로는 말없이 고개를 끄덕이고 방에서 뛰쳐나갔다. 아무튼 헬가에게 알리는 게 우선이다.

[그런데 화제를 좀 바꾸고 싶거든…. 자네는 리스펠트의 비

장한 결의에 대해서 아나?]

"어…?"

갑자기 전혀 예상하지 못한 방향으로 화제가 바뀌어 아야토는 당황했다.

"…무슨 소리지?"

[그녀는 '왕룡성무제' 무대에서 오펠리아 양을 죽일 작정이야.]

"뭐, 뭐라고…?"

[아아, 이렇게 슬픈 일이 또 있을까! '성무제' 시합에서 벌어진 일이니 어지간해선 죄를 묻지야 않겠지만, 만약 가장 친한 친구를 자기 손으로 죽이게 된다면 그녀의 마음에 얼마나 깊은 상처가 남을지! 자네도 친구라면 그런 비극적인 행위는 막아야 하지 않겠나?]

호들갑스러운 마디아스의 말투는 마치 연극이라도 하는 것 같았다.

"그런 헛소리를 믿을 거라고 생각하나?"

[물론 믿을지 안 믿을지는 자네의 자유야. 하지만 그건 본인에게 직접 확인한 후에 결론을 내리는 게 낫다고 보는데.]

음흉하기 짝이 없다.

지금 유리스의 휴대단말기에 연락해 봐야 받을 리도 없으니, 진위를 확인하려면 회장으로 가는 수밖에 없다.

[뭐가 되었든 기권은 사실여부를 확인하고 나서 해도 늦지

않아. 그러지 않으면, 자네는 그녀를 막을 기회를 잃게 되는 거 니까.]

"큭…!"

아야토는 입술을 깨물었다.

분하지만 마디아스의 지적은 옳다. 적어도 이것으로 아야토 가 기권한다는 선택지는 사라졌다.

"…이유가 뭐지?"

[이유?]

"유리스가 그런 짓을 하는 이유 말이야. 어지간한 이유가 아 니고서야…. 아니, 무슨 이유든 유리스는 스스로 원해서 그런 짓을 할 사람이 아니야."

[그러게…. 이유는 알려줄 수 없지만, 경위라면 말해줄 수 있 어. 단순한 오펠리아 양의 변덕이야.]

마디아스는 잠시 생각하더니 그렇게 말했다.

[오펠리아 양이 그녀를 선택했다는 말밖에 해줄 수가 없는 걸. 어리석고 무의미한 센티멘탈리즘이지만… 나도 같은 부류 거든. 그걸 부정하지는 않겠어. 나는 리스펠트에게 전혀 흥미 도 관심도 없지만, 그래도 역시 동정은 하게 되는군. 지금 그녀 는 오로지 홀로 이 세상의 운명을 짊어진 처지에 내몰려 있으 니까.]

마디아스가 하는 말은 그야말로 요령부득이었지만, 이유를 밝힐 생각이 없다는 점만은 아야토에게도 전해졌다.

'하지만 마디아스는 오펠리아를 잘 아는 것처럼 말하는데. 그럼 혹시 '고독의 마녀'도 금지편 동맹과 연관이 있나…?'

[그럼 내일 시합을 기대하겠네. 힘내게.]

그 말만 남기고 전화는 끊어졌다.

아야토는 이를 악물고서 곧바로 클로디아의 번호에 연락을 시도했다.

지금은 기권 신청을 철회하는 수밖에 없다.

*

['왕룡성무제' 준결승 제1시합, 시합 시작!]

시합이 시작되자마자 아야토는 간격을 좁히기 위해 단숨에 질주했지만, 날아온 황식원격유도무장이 아야토와 유리스의 딱 중간 지점에 꽂혔다.

"피어올라라, 적벽의 단염화!"

그러자 거대한 불꽃의 벽이 솟아 아야토의 진로를 막았다. 예전에 '봉황성무제'에서 아야토와 유리스가 지에롱의 태그와 싸울 때 바로 이 스테이지를 분단한 기술이다.

높이 10미터는 됨직한 그 겁화의 벽을, 아야토는 '흑로의 마검'으로 단칼에 베어 돌파했다.

하지만 그 벽을 넘은 곳에 유리스는 설치형 능력을 하나 더 깔아두었다.

"피어올라라, 영렬의 염조화!"

아야토의 발밑에서 마법진이 떠오른다 싶더니, 날카로운 손톱을 가진 불꽃 손가락이 출현해 아야토를 으스러뜨리려 들었다. 유리스의 특기인 설치형 능력의 다중발동이다.

미리 예상한 아야토는 동요하지 않고 이번에도 불꽃의 손톱을 '흑로의 마검'으로 베어냈다.

한편, 그러는 동안에 유리스는 아야토와 충분한 거리를 두었다.

그녀의 발밑에는 손바닥 크기의 불꽃 날개가 몇 장이나 날갯짓하고 있었다.

극락추조의 휘익.

우샤오페이 전에서 유리스가 사용한 가속보조능력이다.

[시합이 시작되자마자 화려한 공방이 펼쳐집니다! 먼저 움직인 아마기리 아야토 선수를 리스펠트 선수가 화염능력으로 저지했는데요! 어떻게 생각하십니까, 자하룰라 씨?]

[아마기리 아야토는 당연히 근접전으로 끌어들이고 싶을 거야. 유리스=알렉시아 폰 리스펠… 이름이 너무 기네. 리스펠트는 근접전투도 나름 하는 편이지만 아마기리 아야토와 맞대

결한다는 건 어림도 없지. 게다가 오른팔도 부러진 모양이니까. 그렇다면 이쪽은 최대한 거리를 유지한 채로 싸우고 싶을 거야. 결과적으로는 리스펠트의 생각대로 풀리긴 했지만 이제부터 얼마나 버틸 수 있을지…. 서로 수를 알 만큼 아니까 그리 쉽게 결정타를 내기는 힘들지 않을까.]

그렇다.

확실히 자하룰라의 말대로 아야토는 유리스의 기술을, 유리스는 아야토의 움직임을 낱낱이 알고 있다. 예전 그대로였다면 마치 사야와 레나티의 시합처럼 철저하게 원거리전을 유지하려는 유리스를 아야토가 필사적으로 잡으려 드는 전개가 되었으리라.

하지만 아야토도 유리스도 성장했다.

유리스가 샤오페이와 싸우며 보여준 수많은 신기술들은 아야토도 놀랄 만큼 엄청난 진화였다. 특히 승패를 갈랐다고 말해도 과언이 아닌 독성의 불꽃에는 아야토도 최대한 조심해야 한다.

마찬가지로 유리스도 아야토의 새로운 힘을 경계하고 있을 것이다.

그건 바로….

"간다, '흑로의 마검'."

아야토의 목소리에 응하듯 '흑로의 마검'이 부르르 몸을 떨더니, 그 손에서 빠져나와 허공에 떠올랐다.

그리고 그대로 맹렬하게 바람을 가르며 유리스에게 덤벼들었다.

"쳇…!"

유리스는 황식원격유도무장을 산개시키고 간신히 그 일격을 회피했다. 황식원격유도무장으로 방어하려 해봐야 두 동강 날 뿐이니 피난시킨 것이다.

[나왔습니다아! 저번 준준결승에서 보여준 순성황식무장 원격조작! 방어불가의 참격이 리스펠트 선수를 공격합니다아!]

[원거리에서도 아마기리 신명류의 기술을 쓸 수 있다는 게 대단한 어드밴티지라는 건 분명해. 그래도 역시 직접 쥐고서 쓰는 것과 동등하기는 힘들어 보이는걸.]

이번 대회에서 몇 번째인지 기억도 나지 않지만, 아야토는 새삼 자하룰라의 혜안에 혀를 내둘렀다.

실제로 '흑로의 마검'이 아야토의 의지에 따라 자유자재로 움직이는 건 맞지만, 역시 자신의 손으로 휘두를 때와 비교하면 속도도 예리함도 한 단계 떨어진다는 걸 부정할 수 없다. 그건 검술이 본질적으로 단련으로 익힌 몸의 감각에 의존하는 것이기 때문이다.

그래도 원래는 유리스가 계속해서 피할 수 있는 수준까지는 아니다.

그런데도 유리스는 '흑로의 마검'의 공격을 아슬아슬한 와중에도 계속해서 회피하고 있다.

그 이유는 아마 두 가지.

하나는 예전에 비해 유리스의 반응속도가 몇 단계나 향상되었다는 점. 어지간히 힘든 수행을 이겨낸 모양이다.

그리고 또 하나가.

[환영이잖아. 리스펠트도 제법이네.]

멀리서 봐도 유리스의 몸이 흔들리듯 여럿으로 움직이는 걸 알 수 있었다.

샤오페이 전에서 쓴 환영기인 듯한데, 그 탓에 미세하게 간격이 어긋나고 있다. 원래 아야토에게 환영이나 분신은 통하지 않는다. 아마기리 신명류의 지각확충기술인 '식'의 경지 때문이다.

하지만 저렇게 진짜 몸과 겹치듯 분신을 전개하면 판별하기 상당히 힘들다. 기척이나 공기의 흐름, 냄새나 소리와 같은 오감의 모든 정보를 종합해서 주위 상황을 파악하는 것이 '식'의 경지인데, 유리스의 환각은 냄새나 소리까지 동반하기 때문이다.

그래도 '식'의 경지를 더욱 정밀하게 사용한다면 판별할 수 있겠지만, 그러려면 범위가 지금보다 좁아져야 한다. 다시 말하면 어느 정도 거리를 좁혀야 한다는 뜻이라 원거리공격을 하는 의미가 없어진다.

"너무 나를 얕보지 마라, 아야토! 피어올라라… 구륜의 무염
화·수많은 꽃송이!"

그때 유리스가 왼손에 든 노바 스피나를 휘둘렀다.

그러자 주위에 수십 개의 화염구가 생겨나 일제히 발사되었
다.

"큭…!"

이렇게 많다면 전부 회피하는 건 불가능하다.

아야토는 지에룽의 권사처럼 주먹에 성진력을 집중시켜 맨
손으로 화염구를 떨어뜨렸다.

착탄과 동시에 폭발하는 화염구의 위력은 하나하나가 예전
과 비교할 수 없을 만큼 강력했다. 하지만 성진력을 높인 아야
토의 방어력을 넘어서는 수준은 아니다. 교표를 지키는 데에
집중하면서 회피와 쳐내기, 방어를 섞어가며 가까스로 버텼다.

"이렇게 퍼붓는데도 대미지가 거의 없다니…. 하여간 너도
우샤오페이도 정말 어처구니가 없는 녀석들이야…!"

"아니, 대미지는 꽤 있었는데."

유리스가 지긋지긋하다는 듯이 하는 말에 아야토는 '흑로의
마검'을 손으로 불러들이며 대답했다. 실제로도 대미지가 없지
는 않았다. 나름의 충격과 가벼운 화상 정도는 입었다.

하지만 지금의 화염구도 '흑로의 마검'이 있었다면 거의 다

베어낼 수 있었을 테니, 경솔하게 손에서 멀어지게 하는 건 자제하는 편이 낫다고 판단했다.

[아마기리 선수, 여기서 '흑로의 마검'을 불러들였습니다!]

[현명한 판단이야. '흑로의 마검'은 '마녀'나 '마법사'를 상대할 때는 오히려 공격보다 방어에서 득을 많이 보거든. 아마기리 아야토 정도의 검술이 뛰어나다면 더욱 그렇지.]

'하지만, 이렇게 되면….'

아야토는 최대한 신속하게 시합을 끝낼 생각이었다. 그것은 유리스를 얕봐서가 아니라 그 실력을 높이 평가하기 때문이다. 스펙만 놓고 보면 상대가 되지 않는 샤오페이에게서 승리를 거둔 건(물론 운도 있었겠지만) 그녀의 전술과 다채로운 능력의 조합이 실력차를 뒤집을 만한 잠재력이 있다는 증거이기도 하다. 너무 시간을 오래 끌면 유리스의 페이스에 말려들게 될지도 모른다. 하지만 지금 상황으로는 속공도 속공대로 위험성이 있다. 자칫하면 발목을 잡혀 그대로 고꾸라지는 꼴이 될 수도 있다.

그렇다면 어떻게 해야 하나.

"…어쩔 수 없네."

아야토는 각오를 굳혔다.

유리스에게는 미안하지만 확실하게 이기는 수를 써야 한다.

"으음…?"

유리스도 아야토가 전법을 바꿨다는 걸 깨달은 듯했다.

그녀는 의아하다는 표정으로 한 걸음 더 거리를 두더니 노바스피나를 휘둘렀다.

"피어올라라, 육판의 폭염화!"

유리스가 가장 능숙하게 쓰는 화염꽃.

"타올라라!"

그것이 황식원격유도무장을 매개로 만응소와 성진력의 고유 접합 패턴을 동조시켜, 증폭되어 아야토에게 날아왔다.

하지만 아야토는 그 거대한 불꽃을 단칼에 양단했다.

"…큭!"

그걸 본 유리스가 경악으로 얼굴을 일그러뜨리고, 극락추조의 휘익으로 미끄러지듯 물러나면서 다음 기술을 전개했다.

"피어올라라… 적원의 작참화!"

작열하는 불꽃 칼날을 회전시키며 차크람 십수 개가 일제히 날아왔지만, 마찬가지로 '흑로의 마검'의 일격에 전부 떨어져 버렸다.

"크으…!"

그러면서도 아야토는 착실하게 유리스를 압박하듯 걸으며 간격을 좁혔다.

절대로 서두르지 않는다. 유리스가 공격을 걸면 '흑로의 마검'으로 떨어뜨리고, 설치형 능력을 경계하면서 그저 착실히 전진해 유리스의 행동범위를 조금씩 깎아나간다.

즉, 완전한 정공법이다.

유리스가 무슨 기술을 쓰든, 그게 '마녀'의 기술인 이상 순성황식무장인 '흑로의 마검'의 힘을 상회할 수는 없다. 설치형 능력도 제대로 경계만 한다면 아야토의 반응속도로 발동 전에 회피할 수 있다.

유리스가 어떤 전법을 짜든, 끝에서부터 차근차근 하나씩 무너뜨리면 큰 위협은 되지 않는다.

재미도 뭣도 전혀 없는, 견실하고 시시한 전법이었다.

"이 자식…! 그렇다면 이건 어떠냐…!"

유리스는 그렇게 말하면서 노바 스피나를 고쳐 들었다.

그 주위에서 만응소가 일렁이고 불꽃이 소용돌이를 일으켰다.

"피어올라라, 작염의 무도화!"

휘몰아치던 불꽃은 순식간에 형태를 바꾸어, 인간 어린아이 정도의 크기와 모습이 되었다.

그리고 타오르는 불꽃의 인형 여섯 개로 변했다.

"가라!"

호령하자마자 불꽃 인형이 땅을 차며 아야토에게 돌진했다.

빠르다.

인형들의 속도는 눈이 휘둥그레지는 수준이었다.

춤추는 듯한 우아함과 예리함을 겸비한 그 움직임은 도저히 능력으로 만들어낸 존재라고 생각할 수 없을 정도였다.

"후후, 이건 너와 우메노코지 후유카의 시합을 참고해서 만들어낸 신기술이다!"

"그 시합을…?"

그렇다면 유리스는 이 기술을 하루도 되지 않는 시간에 만들어냈다는 뜻이 된다.

유리스의 말에 놀라면서도, 불꽃 인형을 쳐내기 위해 '흑로의 마검'을 옆으로 휘둘렀다.

하지만 인형은 그 일격을 가볍게 피해냈다.

"이런…."

그대로 가까이 파고든 불꽃 인형들은 각자 지에롱의 권사라도 되는 양 주먹과 발차기를 날렸다.

아야토는 백스텝으로 회피했지만 불꽃 인형들도 물 흐르듯 움직여 추격을 가해왔다. 엄청난 체술이다.

"우메노코지 후유카처럼 자신보다 강한 힘을 가진 존재를 사역하는 스타일에 흥미가 생겼거든. 그야 하루이틀로는 위악 같은 식신까지 모방할 수는 없지만, 그 인형들도 근접전에선 나보다 체술에 훨씬 뛰어날걸?"

"…그런 거였구나."

확실히 이 불꽃 인형들은 하나하나가 나름대로 만만치 않은 상대다. 하지만 후유카의 식신들처럼 자유의지를 갖지는 않아, 어디까지나 정해진 움직임을 모방하는 듯했다. 그런데도 이 정도의 움직임을 소화해 낸다는 건, 아마도 모델이 된 누군가가 상당한 실력자라는 뜻이리라.

하지만.

"아마기리 신명류 검술 오전, '유즈리하'."

아야토는 가까이 파고드는 불꽃 인형 하나를 비스듬하게 베어 떨어뜨렸다. 그리고 검을 되돌리며 하나 더. 곧바로 뒤돌려차기를 회피하며 카운터로 하나. 이어서 몸을 비틀어 뒤에 있던 둘의 목을 동시에 베고 순식간에 자세를 바꾸어 마지막 인형의 배에 찌르기를 꽂았다.

이렇게 인형 여섯을 전부 처리했다.

"헉…!"

유리스가 믿기지 않는다는 표정으로 뒷걸음질쳤다.

아마기리 신명류는 난전에서 진가를 발휘하는 유파로, 원래 다대일이 특기다. 침착하게 대응하면 자유의지가 없는 인형에게 밀리는 일은 없다.

"아, 아직 멀었어…!"

그래도 유리스는 차례차례로 기술을 발했다. 불꽃 칼날이, 불꽃 창이, 불꽃 파도가, 화염구가, 타오르는 새가, 작열하는 송곳이, 무수한 화염탄이 날아들었지만 아야토는 그것들을 남김없이 일축했다. 그만큼 아야토와 '흑로의 마검'의 힘은 압도적이었다.

그렇게 공방이라고 말하기도 힘든 공방이 끝없이 이어지고….

"피어올라라, 탄룡의 교염화!"

유리스가 불꽃 용을 보냈지만 아야토는 '흑로의 마검'으로 간단히 두 동강 냈다.

그렇게 결국 유리스를 스테이지 끝까지 몰아넣었다.

[가, 강하네요! 아마기리 선수, 정말 엄청나게 강합니다! 리스펠트 선수의 다채로운 기술을 완전히 분쇄해 버렸습니다!]

['흑로의 마검'이 있기 때문이라고는 하지만, 그래도 역시 격이 달라. 리스펠트의 기술은 어지간히 강력한 게 아니라면 아마기리 아야토에게 대미지를 줄 수 없지만, 그런 큰 기술은 쉽게 읽히기 때문에 '흑로의 마검'으로 대응당하고 말지. 그렇다고 공격을 난사해서 밀어내려 해도, 작은 기술로는 아마기리 아야토의 방어를 뚫을 수 없어. 이건 어떻게 봐도 상당히 힘든 상황이야.]

"하아… 하아…!"

유리스는 방호 장벽을 등지고 숨을 몰아쉬며 아야토를 노려보았다.

"하여간… 무자비할 정도로 의지를 꺾으려고 온 모양이구나, 아야토."

"…미안해."

아야토는 순순히 사과했다.

"뭐, 어쩔 수 없지. 이렇게까지 철저한 정공법은 어지간히 실력 차이가 나지 않는 한 성립할 수 없어. 이 결과가 지금의 너와 나 사이에 엄연히 존재하는 힘의 차이지. …아니, 우샤오페이와의 시합도 그 녀석이 승부를 즐기지 않았다면 지금이랑 같은 결과가 되었을지 몰라."

아야토의 간격까지 반걸음.

하지만 유리스의 눈빛을 보니 아직 포기하지 않은 듯했다. 아마 마지막 수를 남겨두고 있겠지.

아직 섣불리 다가갈 수는 없었다.

이렇게까지 철저하게 몰아세웠으니, 마지막까지 신중하게 움직여야만 한다.

"물론 알고는 있었지만… 그래도 역시 분해."

유리스는 그렇게 말하고, 피가 배어 나올 정도로 강하게 입술을 깨물었다.

"만약… 만약 이게 단순한 준결승전이었다면, 혹은 단순한 결투였다면 나도 다른 전법을 썼을 거야."

"결투라…. 후후, 그리운걸. 네가 전학을 온 그날이 벌써 먼 옛날처럼 느껴져."

어딘지 쓸쓸한 분위기로, 유리스가 불쑥 그렇게 말했다.

"유리스, 다시 한번 물을게. 네가 그렇게까지 하는 이유가 대체 뭐야? 어째서 그렇게까지…."

"끈질기군. 대답할 수 없다고 말했잖아. 만에 하나 그걸 안다고 해서 네가 할 수 있는 일은 없어."

"나라면 '고독의 마녀'한테도 이길 수 있어."

아야토는 단정하듯 말했다.

오펠리아의 힘은 확실히 강대하다. 이제까지의 시합을 봐도 틀림없이 이번 대회의 출전 선수 중에 최강일 것이다. 하지만 아야토에게는 '흑로의 마검'이 있다. 예전에 리젤타니아에서 상대했을 때는 방심해서 당하고 말았지만, 지금의 아야토라면 오펠리아의 독마저 '흑로의 마검'으로 끊어버릴 수 있을 것이다.

"그래. 너는 나보다 강해. '흑로의 마검'도 있지. 오펠리아를 이길 가능성도 있을 거다."

"그렇다면…!"

"하지만 그것만으로는 부족해. 단순히 이기는 것만으로는."

유리스의 눈에서 위험한 빛이 감돌았다. 오싹해질 정도의, 절망과 결의로 채워진 어두운 눈동자.

아야토는 새삼 유리스를 짓누르는 무게의 일부를 엿본 기분이 들었다.

하지만 역시 그렇게 하도록 놔둘 수는 없다.

아야토는 유리스가 얼마나 오펠리아를 소중하게 여기는지 안다. 이유가 뭐가 되었든 그런 상대의 목숨을 빼앗는다면 유리스의 마음이 견디지 못할 것이다.

"꼭 그래야 하는 필요가 있다면 그때는 내가…."

"…뭐라고?"

그러자, 아야토를 노려보는 유리스의 눈이 분노로 물들었다.

"지금 무슨 말을 하려고 했지…?"

이제껏 본 적이 없을 정도로 강한 분노였다. 아야토는 유리스가 이렇게까지 심하게 화내는 모습을 처음 보았다.

"웃기는 소리 하지 마… 웃기지 마, 웃기지 마, 웃기지 말라고! 너는! 너한테만은 그런 짓을…!"

유리스의 두 눈에서 커다란 눈물이 뚝뚝 떨어졌다.

"유리스…."

"확실히 오펠리아는 내 둘도 없는 친구야! 소중한 친구라고! 그런 아이를 죽여야 한다니, 원래는 내가 죽는 편이 훨씬 나아! 하지만… 하지만 아야토! 너도 똑같아! 나한테는 너도 그만큼 소중한 사람이라고!"

뺨을 눈물로 적시고, 얼굴을 분노로 물들이며 유리스가 소리쳤다.

"알아줘! 제발 알아 달란 말이야, 아야토! 난 너를 좋아해…! 내가 가장 사랑하는 사람이 가장 소중한 친구의 목숨을 빼앗는다니, 그런 걸 나한테 어떻게 견디라는 거냐…!"

쥐어짜 내는 듯한, 필사적인 호소.

아야토는 자신의 어리석음과 조금 전 발언이 부끄러워졌다.

"…미안해, 유리스."

아야토는 다시 한번 사과했다.

유리스는 팔을 필사적으로 움직여 눈물을 닦고, 새빨개진 눈으로 아야토를 보며 말했다.

"아니, 용서 못 해. 하지만 덕분에 눈을 떴다. 너를 상대로 뭔가 비장의 카드를 숨겨둔 채로 넘어갈 수 있다고, 조금이라도 생각한 내가 바보였어."

유리스가 대담하게 웃더니 황식원격유도무장을 자기 주위에 감싸듯 배치했다.

그 순간, 주위의 만응소가 강렬하게 일렁이는 게 느껴졌다.

"큭!"

이제까지 느껴본 적 없는 분위기에, 아야토는 곧바로 뒤로 뛰어 거리를 두었다.

'이 느낌은… 뭐지…?'

"여기서 지면 어차피 모든 게 끝이야. 그렇다면 여력을 걱정할 때가 아니지. 만약 여기서 힘을 다 써버린다고 해도, 나는 반드시 해야 하는 일을 해내겠어!"

보아하니 유리스 주위에서 파르스름한 불꽃이 몇 개나 파직

거리며 떠오르고 있었다.

특히 유리스의 등 뒤에서는 마치 순백의 날개 같은 하얀 꽃잎이 모습을 드러냈다.

"똑똑히 봐라, 아야토. 이 꽃이 피었다가 지는 12초 동안 **나는 세계 최강이다.**"

유리스의 그런 선언과 동시에 등에 달린 봉우리가 꽃을 피웠다.

"꽃피어라, 월화미인."

다음 순간, 유리스의 모습이 사라졌다.

"……?!"

아니, 사라진 건 아니다. 아야토의 눈으로도 거의 쫓지 못했을 뿐이다.

유리스는 순식간에 아야토의 품으로 파고들더니, 부러진 오른팔로 명치에 장타를 때려넣었다. 도저히 회피도 방어도 할 수 없는 엄청난 속도였다.

그 충격으로 아야토의 몸은 수십 미터나 날아갔다. 무수한 식신과 합일해 거대화된 위악의 공격보다 강하고 묵직한 일격이었다.

"크…윽!"

어떻게든 자세를 잡고 몸을 일으키자, 유리스가 초연한 분위기로 아야토에게 노바 스피나를 겨누고 있었다.

"피어올라라, 육판의 폭염화."

믿기 힘들 정도로 엄청난 양의 만응소가 꿈틀거리더니 파르스름한 화염구가 출현했다. 그건 이제까지와 차원이 다를 정도로 거대했다.

"크으…!"

날아오는 거대 화염구를 아야토는 '흑로의 마검'으로 일도양단했지만, 그와 동시에 대폭발이 일어났다. 이번에는 폭풍에 날려가 지면에 강하게 내팽개쳐졌다.

솔직히 무슨 일이 일어났는지 알 수조차 없었다.

월화미인은 아마 자신의 능력을 강화하는 기술인 듯한데, 아무리 그래도 강화의 수준이 터무니없다. 실비아도 신체 강화를 위한 노래를 자주 활용하지만 향상 폭은 기껏해야 50퍼센트 내외다. 체감으로 말하자면 후유카의 '식부혼교'조차 잘 봐줘야 2배나 될까. 그리고 그 정도로도 후유카의 몸은 버텨내지 못했다. 하지만 이 월화미인은 그런 것들과 비교도 되지 않는다.

게다가 신체 능력뿐 아니라 '마녀'로서의 능력까지 강화되고 있다. 지금 사용한 육판의 폭염화의 화력만 놓고 봐도 두 배나 세 배 수준이 아니다. 어쩌면… 10배 가까이 될지도 모른다.

보아하니 유리스의 신체 자체가 파르스름하게 불타고 있다는 생각도 든다. 피부나 머리카락, 입은 교복까지도 불꽃과 일체화된 느낌이었다. 그리고 등 뒤의 하얀 꽃잎은 이미 반 정도졌다.

유리스의 말을 그대로 받아들인다면, 이 강화능력은 12초 한 정일 뿐이다.

하지만 지금의 유리스를 상대로 과연 누가 12초나 버틸 수 있을까.

"이걸로 끝이야, 아야토."

그렇게 말하며 유리스가 노바 스피나를 치켜들자, 그 위에 는….

"피어올라라. 육판의 폭염화, 수많은 꽃송이."

아까의 거대한 화염구가 전부 여덟 개.

"이건… 못 당하겠는데…."

'흑로의 마검'을 든 아야토의 입에서 저도 모르게 그런 목소리가 새어나왔다.

그리고….

[아마기리 아야토, 교표 파손.]

[시합 종료! 승자, 유리스＝알렉시아 폰 리스펠트!]

에필로그

"아, 으음, 고생하셨어요…!"

"고생 많았어요, 아야토. 아쉽게 되었네요."

"생고생고, 아야토~"

대기실에 들어가자 키린과 클로디아, 그리고 준결승 제2시합을 기다리고 있는 사야까지 세 사람이 아야토를 배려하듯 웃으며 맞아주었다. 많은 사람이 예상을 뒤집고 준결승 진출을 달성한 사야는 원래 자신의 대기실이 준비되어 있을 텐데도 일부러 위로하러 와준 모양이다.

"…후우, 완패였어."

아야토도 씁쓸하게 웃으며 대답했다. 교복이 여기저기 타고 화상도 입었지만 그 외에 큰 부상은 없었다. 간신히 직격은 면했어도 마지막에 등장했던 그 화염구에 맞고도 이 정도로 끝난 건 기적이었다.

"뭐, 종반에 보여준 유리스의 힘은 엄청났으니까요. 어쩔 수 없지요."

"마, 맞아요! 그때 유리스 선배의 움직임은 저조차도 거의 못 보았는걸요…."

"네 눈으로도 무리였구나, 키린…. 그럼 어쩌면 유리스가 한 말은 정말일지도 모르겠네."

아야토가 소파에 몸을 묻고 한숨을 내쉬자 클로디아가 찬물을 건네주었다. 한 모금 마시자 뜨겁게 달아오른 몸에 냉기가 퍼지는 게 느껴졌다.

"유리스가 한 말?"

"아…. 그게 말이야, 그 기술을 쓰는 12초 동안에는 세계 최강이라고 했거든."

지금은 아야토도 그 말을 의심하지 않게 되었다.

그 상태의 유리스에게 대항할 수 있는 사람은 아야토가 아는 한 싱루와 오펠리아뿐. 그리고 헬가가 가능성이 있는 정도일까.

"12초…. 아아, 시간제한이 있었군요."

키린이 납득한 듯이 고개를 끄덕였다.

"그렇다면 역시 유리스가 우리 편에 없는 건 아쉽네요…. 그 힘이 있다면 마디아스나 '발다=바오스'에게도 대항할 수 있을 텐데."

"유리스는 우리 편이야. 지금은 해야 할 일이 있을 뿐이지."

아쉽다는 듯이 한숨을 쉬는 클로디아의 발언을 정정하자, 그녀는 살짝 혀를 내밀었다.

"어머나, 미안해요. 깜박 실언을 했네요."

"그런데… 말하는 걸 들어 보면 역시 마디아스를 체포하지는 못했나 보네."

아야토의 말에 클로디아와 키린의 표정이 어두워졌다.

"네, 그렇게 되었답니다. 오늘 아침에 헬가 대장과 하루카 씨가 운영위원회 본부로 돌입했지만 이미 마디아스는 자취를 감추었다고 해요. 행방을 아는 사람도 전혀 없다네요."

"오늘 아침?"

아야토가 마디아스 건으로 경비대에 에이시로를 보낸 건 어젯밤이었다. 경비대는 24시간 체제로 운영하고 있으니 생각이 있다면 조금 더 빨리 움직일 수 있었을 텐데.

그런 의문이 표정에 드러났는지, 클로디아는 씁쓸하게 웃으며 말했다.

"아쉽게도 긴가에서 허가를 내주지 않았거든요. 그들의 최우선 목표는 '발다＝바오스'를 확보하는 것이니까요. 마디아스는 어디까지나 덤이에요. 가능하다면 그것의 소재가 판명될 때까지 움직이게 놔두고 싶기도 하겠죠."

"그런⋯."

"뭐, 결국 헬가 대장이 밀어붙인 모양이지만요. 게다가⋯ 이런 말은 좀 그렇지만, 어젯밤에 움직였어도 결과는 마찬가지였을 거예요."

확실히 그건 그렇다.

그게 아니라면, 일부러 마디아스가 직접 아야토에게 연락한다는 위험을 감수할 리가 없다.

"그보다 금지편 동맹의 핵심 멤버와 오펠리아 란드루펜이 얽혀 있다는 게 더 우려스러운 사태야."

사야가 흥분한 말투로 그렇게 말했다.

뭐, 이제부터 그 장본인과 시합을 해야 하니 이해가 간다.

"하지만 그건 증거가 없으니까."

어디까지나 마디아스의 말을 듣고 아야토가 그렇게 느꼈을 뿐이다.

"하, 하지만 금지편 동맹에는 레볼프의 학생회장이 깊이 관여하고 있으니까, 아주 불가능한 가설은 아니지 않을까…?"

키린의 말대로 레볼프 흑학원의 학생회장 디르크 에벨바인은 금지편 동맹의 일원으로 의심된다. 그리고 오펠리아를 레볼프로 끌어들인 사람이 바로 디르크이고, 그가 학생회장으로서입지를 다질 때 오펠리아를 적극적으로 이용했다는 경위를 고려하면, 같은 조직에 소속되어 있을 가능성은 높다.

"그 건에 관해서는 어머니도 조사하고 있다고 해요. 아무튼현재 확정된 금지편 동맹의 멤버는 '처형도', 즉 '성무제' 운영위원장 마디아스 메사, 레볼프 흑학원 학생회장 디르크 에벨바인, 우르슬라 스벤드의 몸을 빼앗은 순성황식무장 '발다＝바오스', 성 가라드워스 학원의 퍼시벌 가드너, 이렇게 네 명이 되겠네요."

"게다가 에르네스타 큐네도 협력하고 있는 게 분명해."

사야가 붕대가 둘둘 감긴 오른손을 들…려다가 아파서 얼굴을 찡그리며 말했다.

"그건 어디까지나 사야의 감이잖아요? 증거 없이 단정할 수는 없어요. 뭐, 당연히 고려는 하겠지만요."

"거, 거기에 더해서 오펠리아 란드루펜 씨도, 인가요⋯."

마지막에 언급된 두 사람은 어디까지나 가능성일 뿐이지만, 아무튼 구성원들이 쟁쟁하다.

"지금은 마디아스를 찾으면서, 다방면에서 이 멤버늘의⋯."

클로디아가 거기까지 말했을 때 공간 윈도가 뜨더니 방문객을 알렸다.

거기에 비친 얼굴은⋯.

"유리스⋯?!"

서둘러 문을 열자 아까까지 스테이지 위에서 격전을 벌인 상대가 서 있었다.

"뭐야, 너희도 있었냐. 꽤 오랜만이네⋯."

유리스는 얼굴에 피로가 역력한 와중에도 씩씩하게 웃는 표정을 지었지만, 방에 들어오려다가 갑자기 비틀거리며 넘어질 뻔했다.

"유리스 선배!"

곧바로 키린이 달려가 그녀의 몸을 아슬아슬하게 받아냈다.

"후우⋯ 미안해, 키린."

"아, 아니에요, 이 정도야⋯."

유리스는 키린의 부축을 받아 소파에 앉더니 크게 한숨을 내쉬었다.

"하여간… 도저히 승자처럼 보이지 않네요, 유리스."

"그런 소리 하지 마라, 클로디아. 이게 최대한 버티고 있는 거라고."

유리스의 목소리에선 피로감이 느껴졌지만, 그래도 조금이나마 예전처럼 밝은 느낌을 되찾았다.

아마 아야토와 시합을 끝내고 어깨의 짐을 하나 덜어서겠지. 유리스의 진짜 목적은 내일 시합이지만, 그 심정은 아야토도 잘 이해할 수 있다.

"그런데 원래는 승자 인터뷰를 하고 있을 시간 아닌가요?"

"그런 건 당연히 취소했지. 이 꼴을 보면 알잖아?"

손을 맥없이 흔들며 내뱉듯 유리스가 말했다.

"마지막에 쓰신 그 기술, 어지간히 소모가 심한 것 같군요?"

"…월화미인은 체력, 정신력, 성진력을 전부 극한까지 소진하거든. 성진력 고갈을 일으키지 않은 것만으로도 만족스러울 지경이야."

"그, 그런 컨디션으로 내일 결승에 나갈 생각이신가요…?"

키린이 주뼛거리며 묻자, 유리스는 살기등등한 눈빛으로 노려보더니 짧게 대꾸했다.

"당연하지."

"어머나…. 그렇다면 조금이라도 빨리 돌아가서 휴식을 취하고 싶으실 텐데, 어째서 일부러 여기에?"

하지만 클로디아의 질문에 유리스는 복잡한 표정으로 시선을 내리깔았다.

"그건…."

그리고 머리를 긁적이며 아야토를 곁눈질로 흘끔 쳐다보았다.

"일단, 네가 나름대로 나를 걱정해 준 것 같아서, 제대로 전해줘야겠다고 생각했거든."

"나한테?"

"확실히 나는 내일, 이 손으로 오펠리아의 목숨을 빼앗을 예정이다."

"헉!"

"뭐…?!"

"……!"

처음으로 그 이야기를 들은 세 사람이 굳었다. 무리도 아니다.

"하지만… 그건 어디까지나 각오가 그렇다는 거야. 나는 마지막 순간까지 그 녀석을 설득할 거고, 포기할 생각은 없어. 그러니까 그… 뭐냐… 너무 걱정하진 마라."

그렇게 말하더니 유리스는 새침하게 시선을 피했다.

"유리스…."

아야토는 다시금 자신의 어리석음을 부끄럽게 느꼈다.

유리스는 강하다.

그렇다면 분명 자신의 손으로 최선의 결과를 손에 넣을 것이다.

지금 아야토가 할 수 있는 일은 그 사실을 믿는 것뿐.

"…흠, 그런데."

그때 사야가 시큰둥하게 말했다.

"나는 이제부터 그 '고독의 마녀'랑 결승전 티켓을 놓고 싸울건데, 어째서 내가 진다는 걸 전제로 하는 거지?"

"…아."

이번에는 유리스가 굳을 차례였다.

"아, 아니, 그 그건…. 딱히 네 실력을 얕보는 건 아니야…!"

"호오?"

싸늘한 눈빛을 유지한 채로 슬금슬금 유리스에게 다가가는 사야.

"그러니까 그게… 솔직히 말하자면, 너는 준결승에서 기권할거라고 예상했다고…!"

유리스는 그렇게 말하고 사야의 두 팔을 바라보았다.

"그 팔, 양쪽 다 제대로 안 움직일 거 아니냐. 게다가 레나티전에서 네 주무기였던 황식무장은 거의 다 파손되었을 텐데 고작 하루이틀 만에 고칠 수는 없겠지. 그 터무니없는 초거대 황식무장은 전개하는 데에 시간이 너무 오래 걸리고, 무엇보다…
너는 이미 목적을 달성했잖아?"

사야가 원래 '왕룡성무제'에 출전한 목적은 림시와 결판을
내기 위해서였다. 그리고 림시가 레나티에게 지고, 결과적으로
그 원통함을 갚는 형태이긴 했지만, 아무튼 사야에게 이미 원
래의 목적은 남아 있지 않다.

"그런데도 일부러 오펠리아랑 싸울 이유는 없잖아?"

"…음, 정확한 추측인걸. 역시 유리스야."

그걸 들은 사야는 만족스럽게 고개를 끄덕였다.

"사실은 기권할 생각이었어. 아무리 나라도 이런 꼴로는 '고
독의 마녀'한테 이길 방법이 없으니까. 하지만 조금 해보고 싶
은 일이 생겨서 기권하지 않았을 뿐이야."

의아한 표정의 유리스에게 사야는 다시 한번 고개를 끄덕였
다.

"괜찮아, 유리스를 방해하진 않을 테니까. '고독의 마녀'는
제대로 결승으로 보내줄 테니까, 마음 단단히 먹고서 기다리면
돼."

"…대체 뭘 할 생각이지?"

"비밀."

사야의 대답에 유리스는 맥이 빠진 듯했지만, 금세 포기하고
고개를 가로저었다.

"그렇다면 기대하겠어. 너는 어차피 뭘 저지를지 도무지 예상이 안 되니까."

"후후후."

유리스는 사야와 도발적인 웃음을 나누고서 소파에서 몸을 일으켰다.

"그럼 난 간다."

발걸음은 아직 약간 비틀거렸지만, 부축하려는 키린을 유리스는 한 손으로 제지했다.

그게 그녀의 긍지이리라.

홀로 방에서 나가는 유리스의 뒷모습을 보며 아야토는 말을 걸었다.

"유리스, 나는 네 승리를 믿어. 네가 그 모든 것으로부터 승리할 거라고."

"그러냐."

유리스의 대답은 짧았다.

하지만 그대로 대기실을 나가려다가, 문 앞에서 갑자기 돌아보았다.

"아, 맞다. 혼란스러운 와중에 한 소리라고 생각하면 곤란하니까 분명하게 전하겠어. 스테이지에서 했던 말은 조금도 과장이 없는 내 솔직한 마음이야. 그러니까…."

그리고 아야토를 향해 엷은 미소를 지었다.

"모든 게 끝나면 네 마음도 들려줘야겠다, 아야토."

"……!"

그런 유리스의 웃음에 아야토의 심장이 크게 두근거렸다.

"…어머나, 꽤나 숙제가 쌓인 모양이네요, 아야토?"

그런 아야토를 놀리듯, 클로디아가 히죽거리며 웃는 얼굴로 말했다.

15권 끝

◆작가 후기◆

안녕하세요, 미야자키 유입니다.

너무 오래 기다리게 해드려 정말 죄송합니다. 『학전도시 애스터리스크』 제15권을 보내드렸습니다. 이번에도 후기엔 본편 내용이 잔뜩 포함되어 있으니 본편을 읽지 않으신 분은 주의해 주세요.

일단은 이번 권의 표지를 장식한 키린의 등장이나 활약이 거의 없었던 점 사과드립니다. 표지 캐릭터는 로테이션이긴 하지만, 모처럼 오키우라 씨께서 멋진 일러스트를 그려 주셨으니 어떻게든 자리를 만들어 볼 수 없을지 고민했지만… 페이지가 조금 늘어나는 정도로는 무리였습니다. 그 대신에 다음 권에야말로 역시 활약이 없었던 클로디아와 함께 멋지게 활약하게 해 줄 테니, 팬 여러분의 양해 부탁드립니다.

본편에서는 '왕룡성무제'가 진행되어 드디어 준결승까지 올라왔습니다. 개인적으로는 사야·레나티 전이 마음에 듭니다. 바보스러움의 궁극에 가까운 그 황식무장은 사사미야 사야라는 캐릭터를 만들 때부터 '이 아이의 최종병기는 이런 걸로 하자'라고 결정했던 것이라 드디어 등장시킬 수 있어서 감개가 무량합니다.

처음부터 정해둔 거라면, 아야토와 유리스의 결전도 마찬가지로 이야기 초기 단계부터 결정되어 있었습니다. 뭐, 뻔하다면 뻔한 주인공과 히로인의 대결이니, 이런 전개를 예상하신 독자분도 많을 거라고는 생각합니다만, 작가에게는 큰 고비였던 탓에 무사히 넘을 수 있어 안도의 한숨을 내쉬고 있습니다.

반대로 엘리엇을 비롯한 몇몇은 작가인 제 구상보다 더 큰 존재감을 보여주는 캐릭터가 되었습니다. 다시 읽어보면 등장할 때마다 지독한 꼴을 당하는 엘리엇이지만, 이번 권에서 어느 정도는 고생한 보답을 받지 않았나 생각해 봅니다.

오펠리아와 실비아의 시합은 애니메이션판의 특전 단편으로 첫 대결을 쓴 적이 있는데, 이게 스스로 생각해도 꽤 마음에 드는 단편이어서 말이죠, 단순히 배틀을 묘사할 때 자기복제가 되지 않도록 신경을 많이 썼습니다. 우르슬라와 실비아의 관계나 유리스와 오펠리아의 관계, 실비아와 네이트네페르전의 5회전과 흐름이 이어지는 시합이기에 그런 부분을 살려 메인 스토리라인을 따라가는 시합을 써낼 수 있었다고 생각합니다.

이번에는 기왕 후기 페이지를 넉넉하게 받았으니 아야토·후유카 전도 이야기해 볼까요. 후유카는 작중에서도 몇 번 언급했듯 개인전에서 혼자 팀으로 싸우는 데다, 멤버는 전원 최강이라는 반칙에 가까운 전법을 부끄러워하지도 않고 구사한다는 캐릭터 콘셉트를 가지고 있었습니다. 사실은 체술을 쓰는 장면을 좀 더 넣고 싶었지만 고민 끝에 생략했습니다.

아무래도 등장 캐릭터가 많은 작품이다 보니 한 명 한 명을 전부 묘사하려면 페이지가 한없이 필요하고, 이야기 진행도 지지부진해지므로 매번 고민이 많습니다. 그래도 능력이 닿는 한 모두를 챙겨주고 싶다는 게 부모 마음이라고 할까…. 뭐, 결국 갈등 끝에 대부분 눈물을 머금고 잘라내게 되지만요.

이러니저러니 해도 다음 권에서는 '왕룡성무제'의 결승전, 그리고 금지편 동맹과 아야토 측의 전면대결이 벌어집니다. 애스터리스크라는 이야기도 드디어 클라이맥스에 접어드니, 부디 마지막까지 함께해 주시기를.

그리고 아름답고 사랑스러운 표지의 키린을 비롯한 멋진 일러스트를 그려 주신 오키우라 씨, 이번에도 진심으로 감사 말씀드립니다. 아야토와 유리스의 배틀을 그린 컬러 일러스트는 역시 박력이 대단하더군요.

마지막으로, 이번에도 많은 분들의 도움을 받았습니다.

언제나 저 때문에 많은 부담을 감수하시는 담당 편집자 O씨, 이번에도 후유카의 교토 사투리를 감수해 주신 S여사님, 이번에도 아슬아슬한 진행으로 고생하게 만든 편집부 분들, 교정자 여러분, 그리고 누구보다도 언제나 응원해 주시는 여러분께 가장 큰 감사 말씀을 드립니다. 그럼 또 다음 권에서 만날 수 있기를 빌며.

2019년 11월 **미야자키 유**

학전도시
애스터리스크

학전도시 애스터리스크 [15]
검은염화

———

2021년 2월 10일 초판 발행

저자 미야자키 유 | **일러스트** 오키우라 | **옮긴이** 주원일
발행인 정동훈
편집 팀장 황정아 | **편집** 노혜림
발행처 (주)학산문화사 | 서울특별시 동작구 상도로 282 학산빌딩
편집부 02.828.8838(전화), 02.816.6471(팩스) | **영업부** 02.828.8986(전화), 02.828.8890(팩스)
홈페이지 www.haksanpub.co.kr | **등록** 1995년 7월 1일 | **등록번호** 제3-632호

———

GAKUSEN TOSHI ASTERISK Vol.15 KENUNENKA
©Yuu Miyazaki 2019
First published in Japan in 2019 by KADOKAWA CORPORATION, Tokyo.
Korean translation rights arranged with KADOKAWA CORPORATION, Tokyo.

———

ISBN 979-11-348-7253-3 04830
ISBN 979-11-5597-478-0 (세트)
값 7,000원